L'IMPOSSIBLE SAUVAGE

MUSÉE D'ETHNOGRAPHIE DE NEUCHÂTEL

19.06.2022 – 26.02.2023

MEN

WWW.MEN.CH

L'IMPOSSIBLE SAUVAGE

édité par Yann Laville et Grégoire Mayor
et Jean Bacchetta

Exposition 19.06.2022 – 14.05.2023

Les publications accompagnant l'exposition *L'impossible sauvage*
ont été réalisées avec le soutien de La Loterie Romande
et de la Société des ami·e·s du Musée d'ethnographie (SAMEN)

Edition et rédaction Yann Laville, Grégoire Mayor et Jean Bacchetta
Rédaction textes Jean Bacchetta, Estelle Brousse, Julien Glauser,
Yann Laville, Grégoire Mayor, Sara Sánchez de Olmo
Relecture Jérôme Brandt
Traduction Rafael Blatter (allemand), Margie Mounier (anglais)
Graphisme Graziella Paiano
Photographie Prune Simon-Vermot, © MEN, sauf mention contraire
Photolithographie Serge concierge
Impression Genoud Arts graphiques

La SAMEN profite de cette publication pour remercier
les membres soutiens et donateurs de ces dernières années :

Sabrina et David Alaimo, Pascale et Pierre Albertelli, Martine et André Allisson, Colette et Antoine Berthoud,
Olivier Clottu, Verena et Jean-François Demairé, Pascal Dessoulavy, Ellen Hertz et Jean-Yves Pidoux,
Michèle et Werner Kobel, Franciska Krings et Adrian Bangerter, Simone Mayor et Philippe Bieler,
Claudine Rieben et Pierre Matthey, Betty et Laurent Rivier, Roxie et John Walker

4, rue Saint-Nicolas
CH-2000 Neuchâtel / Switzerland
Tél: +41 (0)32 717 8560
Fax: +41 (0)32 717 8569
secretariat.men@ne.ch
www.men.ch

ISBN 978-2-88078-053-1

SAMEN

SOMMAIRE

IMPOSSIBLE N'EST PAS SAUVAGE

Yann Laville et Grégoire Mayor

Deuxième volet d'une trilogie consacrée aux imaginaires contemporains, l'exposition *L'impossible sauvage* a été pensée initialement comme une collaboration avec le Muséum d'histoire naturelle de Neuchâtel. En s'inspirant du principe de *La grande illusion*, qui avait vu en 2000 trois musées neuchâtelois travailler autour d'un même sujet, l'idée était que le MEN et le MAHN se donnent une problématique commune et la traitent chacun à leur manière, en fonction de leur discipline et de leurs sensibilités respectives. Idéalement, les deux expositions auraient dû ouvrir coup sur coup, avec une période d'exploitation commune, permettant de comparer les résultats et de jouir pleinement de ce double éclairage. Ces plans ont hélas été ruinés par une manifestation cruellement ironique de la nature sauvage: l'apparition et la diffusion incontrôlable d'un virus affectant les voies respiratoires dont l'origine était alors attribuée à des animaux non domestiqués tels que la chauve-souris et le pangolin.

Au MEN, la gestation du projet a débuté ainsi dans une ambiance surréaliste: le monde s'est recroquevillé d'un coup sur lui-même, le télétravail et les mesures sanitaires rendant les échanges difficiles. Dans un musée presque vide, les rencontres avec les équipes scientifiques, les artistes, les collectionneuses et les collectionneurs qui stimulent habituellement le processus créatif avaient totalement disparu, alors que se succédaient les séances en ligne. Comme tout un chacun, nous avons dû apprendre à utiliser Zoom et Skype, mais sans y trouver tout de suite (ou tout court) la même dynamique que dans l'interaction directe. Et dire qu'à l'origine, nous avions imaginé développer une trame de science-fiction imaginant une société revenue à la sauvagerie après un événement apocalyptique…

Dans les notes d'une séance d'avril 2020, il était ainsi question de *Earthships*, de mouvements survivalistes, de biomimétisme et du programme de téléréalité *Naked and afraid*… Le mois suivant, ce sont les travaux d'Anna Tsing qui ont irrigué la réflexion, toujours dans une ambiance de fin du monde invitant en l'occurrence à «habiter les ruines du capitalisme». Néanmoins, des doutes se sont vite manifestés concernant l'approche fictionnelle et la structure alternant séquences d'effondrement et de recommencement. Le ressort paraissait soudain téléphoné, comme rattrapé par le quotidien. En outre, au niveau conceptuel, le registre de la «fin» semblait trop restrictif, ne permettant pas d'englober des questionnements de l'anthropologie classique autour de la notion de «sauvage». Il faut dire qu'à ce stade, la réflexion gravitait plutôt autour du mot «sauvagerie», ce qui teintait le propos d'une couleur plus crue.

Dans une période marquée par les crises environnementales et sanitaires, avec en filigrane une attention à l'influence humaine sur de tels phénomènes, l'opposition habituelle entre «sauvage» et «domestique» devait être interrogée sous un angle nouveau: l'idée a rapidement émergé qu'il existait un lien fort entre l'utilisation du concept de «sauvage» et le développement de technologies en vue de contrôler ses manifestations réelles ou supposées. Mais surtout que le terme «sauvage» recoupait des réalités fort différentes pour les acteurs sociaux qui le mobilisaient à des fins idéologiques, existentielles ou politiques. Il est également apparu très tôt que l'exposition ne devait pas porter sur une histoire de la notion de «sauvage» mais plutôt questionner les imaginaires contemporains autour de cette même notion ainsi que les pratiques sociales et les productions culturelles qui en découlaient.

Dans cet étrange printemps 2020, alors que des images plus ou moins truquées d'animaux errant dans les villes privées d'activités humaines circulaient sur les écrans du monde, Pierre Caballé, assistant à l'Institut d'ethnologie, nous a fait bénéficier de sa foisonnante connaissance de la littérature traitant des relations entre les espèces. Parallèlement, Pascale Bugnon, doctorante à l'université de Genève engagée pour effectuer un stage au MEN, nous a efficacement aidés – malgré les obstacles du confinement – à cartographier les multiples définitions du «sauvage» dans les sciences humaines et à défricher les textes scientifiques. Il fut ainsi question du statut du pigeon, du hérisson et des espèces non domestiques qui hantent les villes. La lecture des ouvrages de Sergio Della Bernardina, qui débouchera ultérieurement sur une rencontre virtuelle puis une conférence, nous a aussi amenés à préciser l'articulation chronologique du propos, ce chercheur défendant l'idée que la notion de «sauvage» a fait l'objet d'une requalification positive en Europe à partir des années 1960. En résumé, plus nos sociétés deviennent confortables et sûres, plus elles valorisent ce qui échappe aux contrôles et aux calculs. Promue comme une alternative face à l'imaginaire déclinant de la civilisation, le sauvage n'en est pas moins le motif d'une tourbillonnante consommation, tant dans le commerce d'objets et de signes culturels que dans les pratiques alimentaires, médicales ou touristiques. Un compte rendu de séance de juillet 2020 esquisse déjà l'idée que l'univers domestique, figuré par une ville, n'est pas coupé de son double sauvage et qu'il serait intéressant d'explorer la réunion de ces deux niveaux dans une seule image scénographique.

À l'automne de la même année, dans une période de réouvertures partielles quoique fortement masquées, des rencontres et des discussions redevinrent possibles, tant avec les collègues du Musée et de l'Institut d'ethnologie qu'avec des artistes. Un grand souffle d'air nous a été apporté à la fin du mois de septembre 2020 par le galeriste Christian Egger, qui désirait nous faire découvrir le travail des artistes Benoît et Marie Huot, estimant qu'il abordait la question du sauvage de manière forte et originale. Pour la première fois depuis longtemps, nous avons donc traversé la frontière et voyagé jusqu'à Gray, en France voisine. La rencontre fut cruciale dans la mesure où l'œuvre des Huot déborde les catégories habituelles de l'art. Dans leur grande demeure, les sculptures sont omniprésentes, prolongeant de pièce en pièce les mêmes esthétiques et les mêmes obsessions thématiques. Quelque part entre le train-fantôme, le palais du Facteur Cheval et le Gesamtkunstwerk, ce lieu de vie et de création brouillait de façon vertigineuse les frontières entre l'homme et l'animal, l'art brut et l'art contemporain, l'ici et l'ailleurs, le sacré et le profane, le présent et le passé. Dès cette visite a germé le projet d'une inclusion marquée de l'œuvre des Huot dans l'exposition. Mais il a fallu encore plusieurs mois de réflexions avant de trouver la bonne manière de le faire.

Ce regain d'échanges et de stimulation intellectuelle, couplé à l'arrivée au début de l'été d'une nouvelle stagiaire formée à l'Université d'Artois – Estelle Brousse – nous a permis de structurer une première articulation du scénario en thématisant l'envie récurrente de fuir hors des mondes prétendument civilisés pour renouer avec la nature sauvage. L'influence du confinement n'est pas étrangère à ce choix, de nombreuses personnes manifestant alors un impérieux besoin d'échapper à l'atmosphère suffocante des villes. Cette première étape fut assez vite nommée «la crise» et élargie à différents exemples historiques qui, des ermites chrétiens aux poètes romantiques, esquissent le même geste de rupture face à l'intoxication causée par l'activité humaine sur son environnement. Si en effet, dans l'imaginaire collectif, les villes incarnent le triomphe de la civilisation, elles se chargent également de représentations négatives, se muent en «jungles urbaines» nourrissant leurs propres formes de sauvagerie paradoxale. Dans cette optique, la nature est souvent perçue comme une alternative, un remède, un sanctuaire préservé des maux générés par l'Homme et son incommensurable *hubris*.

Dès ses premières formulations, la «crise» était donc appelée à ouvrir sur une deuxième zone thématique explorant ce que, dans les documents de travail rédigés entre octobre et novembre 2020, nous avons nommé les «utopies du sauvage». Il y en avait quatre à l'époque, réparties de la façon suivante: «la promesse du chasseur-cueilleur», «une nature vierge»; «renouer avec un passé mythique»; «l'eldorado du capitalisme sauvage» (ce dernier point a vite été absorbé dans d'autres phases du parcours).

Un troisième mouvement était ensuite prévu pour questionner les limites et les contradictions propres à chaque utopie, mettre en lumière comment celles-ci pouvaient être dévoyées, marchandisées ou instrumentalisées en termes politiques. Enfin, une quatrième étape, inspirée par les travaux d'Anna Tsing venait rouvrir le champ des possibles, présenter de nouvelles manières de concevoir la notion de sauvage dans un monde colonisé par les activités humaines et suggérer différentes stratégies pour «habiter les ruines du capitalisme».

Cette esquisse était encore très ouverte mais globalement assez proche du résultat final. Les contenus, eux, ont été discutés et précisés durant l'hiver 2020-2021 avec l'équipe scientifique du musée, en s'accommodant au mieux des possibilités offertes par le télétravail et les contraintes du second confinement.

En mai 2021, les scénographes Anna Jones et Raphaël von Allmen proposèrent une première interprétation spatiale. Les inspirations visuelles initiales portaient sur des manières de représenter la ville, la forêt et la friche. L'intuition était d'utiliser la palette de transport en bois comme un trait d'union entre matière naturelle et activités humaines, comme une sorte de brique Lego pouvant servir à construire des mondes très différents, comme un détournement évocateur de certaines pratiques artistiques radicales et comme une opération de recyclage faisant écho à plusieurs thèmes de l'exposition.

L'idée fonctionnait bien pour la ville, permettant de suggérer la hauteur des gratte-ciels et de leur offrir une empreinte très graphique. Elle s'avérait un peu moins convaincante dans les autres espaces, impliquant trop de contraintes et donnant une coloration uniforme à l'ensemble. Pour créer un effet de contraste, dans les zones ultérieures n'a été conservé que le matériau des palettes, comme si elles avaient éclaté en morceaux.

Dans la ville, chaque bâtiment devient prétexte à développer de petites mises en scène qui, en mobilisant la poésie, l'humour et l'absurdité, ouvrent efficacement sur les déclinaisons multiples de la notion de «sauvage»: le monde de l'art et des rencontres des peintres européens avec des esthétiques différentes au début du XXe siècle; les nombreux retours dans la littérature, le cinéma et la musique de la notion de «sauvage»; la sphère domestique et intime investie par un ensemble de représentations animales… Chaque vitrine constitue un univers en soi, pris dans un labyrinthe urbain de plus en plus *trash* et inquiétant (voir pages 56-61). Dans cette ville, le loup de Lionel Sabatté – autre proposition du galeriste Christian Egger – avait sa place toute trouvée, synthétisant de manière admirable le propos général de cette section: l'artiste français réalise en effet des loups en poussière récoltée à la station de métro Châtelet-Les Halles à Paris. Une matière presque immatérielle, associée aux mouvements humains, pour sculpter un animal si fortement ancré dans l'imaginaire collectif du sauvage et dont le retour en Europe est l'objet de discussions sans fin…

Par effet de contraste, la forêt des «utopies sauvages» a toujours été envisagée comme un univers de contes de fées, un lieu onirique où les visiteuses et visiteurs devraient ressentir une impression de grandeur et de majesté, en n'hésitant pas à mobiliser leurs émotions. Parmi les suggestions des scénographes, c'est donc la plus théâtrale qui a été retenue, soit de grandes images suspendues pour évoquer les arbres et la végétation. Plutôt que de se limiter à une esthétique unique, la réflexion s'est orientée vers une solution composite balayant tous les champs de création et toutes les époques. Estelle Brousse, puis Jean Bacchetta qui a rejoint l'équipe en qualité de stagiaire au printemps 2021, vont ainsi accomplir un immense travail pour dénicher, sélectionner et traiter les dessins, les peintures, les gravures, les photographies ou les œuvres virtuelles qui serviront à composer cet écrin sylvestre. Plus tard, l'illustrateur John Howe, résidant à Neuchâtel, va également mettre à disposition deux de ses fantastiques représentations de forêt. Des clichés de la photographe Nora Rupp viendront compléter l'ensemble et faire le lien avec l'espace du haut, sur lequel nous reviendrons ultérieurement.

À la fin du printemps, le scénario suggérait que la forêt serait construite autour de trois sites à connotation «sacrée» pour évoquer autant de pistes de communion avec les forces de la nature sauvage. Le «capitalisme sauvage», plus difficile à intégrer dans cette logique, allait en quelque sorte être recyclé dans le troisième mouvement de l'exposition. L'idée a également germé de peupler cet univers de témoignages filmés de personnes qui, en Suisse romande, vivent concrètement ces utopies. La raison était d'éviter la caricature en laissant aux acteurs eux-mêmes le soin d'expliquer leurs pratiques et leurs rapports à la notion de «sauvage». Une recherche conséquente a été confiée aux ethnologues et cinéastes Sélima Chibout et Céline Pernet, qui ont réalisé la majorité des portraits. Peu à peu, les autels qui avaient été imaginés au départ vont être remplacés par trois arbres-totems, au cœur de trois clairières. La forêt allait quant à elle se peupler d'objets des collections. Les nombreuses flèches accumulées au fil de l'histoire centenaire du MEN ont par exemple trouvé place autour de la clairière thématisant le fantasme du bon sauvage. Beaucoup d'entre elles n'avaient jamais quitté les dépôts, voire n'avaient jamais été inventoriées, soulignant combien l'image du chasseur-cueilleur a pu obnubiler les collectionneurs des pièces ethnographiques tout en encombrant les institutions patrimoniales.

Les trois arbres, véritables sculptures pensées par les scénographes et réalisées par le créateur Serge Perret, ont été conçus comme des images en lien avec les trois utopies. L'arbre de la «communion» avec la nature sauvage est devenu un espace habitable, présentant dans une esthétique fantastique le visage d'un être surnaturel avec lequel une communication serait possible. La clairière du retour à un passé mythique, où les forces du sauvage intérieur pourraient enfin s'exprimer librement, se dessina autour d'un arbre inversé, celui-là même arboré par les «hommes sauvages» dans les représentations médiévales. Quant à l'arbre de l'utopie du «chasseur-cueilleur», il a peu à peu pris la forme d'un arbre de la connaissance, pour évoquer l'image paradisiaque associée à la figure du «bon sauvage». Une citation de Jean-Jacques Rousseau apparaît comme une sorte de programme de collecte d'objets ethnographiques et définit le contenu des vitrines qui sont aménagées dans l'arbre. Une très belle proposition des scénographes fut de mettre en scène l'arbre de la connaissance à travers une ombre portée. Celle-ci est composée de textes qui dressent la généalogie du «bon sauvage» du XVe siècle à nos jours (voir page 116-117 et dépliant).

Au sous-sol, trois itinéraires différents sont proposés, comme autant d'explorations des transformations des utopies autour du sauvage, faisant ressortir la grande difficulté d'échapper à une forme de domestication et d'instrumentalisation. Les notes d'intention muséographiques portant sur la première étape sont claires: «À cette étape, traitement similaire pour les trois parcours. Le visiteur poursuit sa quête de sauvagerie alors que la nature est progressivement colonisée par des signes modernes/occidentaux incongrus qui permettent de présenter des objets et développer des contenus: a) panneau publicitaire, bancomat, distributeur de snacks, parcmètre; b) panneau et display de parcours *Vita* ou de visite didactique; flipper et borne arcade… L'humour est clairement exploité…» (programme muséo, juin 2021).

Les scénographes ont suggéré d'unifier l'esthétique du sous-sol dans un entrelacs de racines, proposition qui fut modifiée pour des raisons narratives – ces développements constituant non pas l'origine des utopies mais leurs prolongements. La mise en scène s'est donc orientée vers l'image des «chemins creux» et des «tunnels de verdure» pour traiter la forêt sur un mode différent, plus sombre, dense et oppressant.

Le dernier espace de l'exposition est, comme souvent, celui qui nous a résisté le plus longtemps, même si les premières intuitions spatiales ont été posées très tôt, associant l'image d'une friche aux théories de l'anthropologue Anna Tsing. Son élaboration a aussi été retardée par le volume de contenus à générer pour les autres zones du parcours.

D'après nos documents de travail, les contours s'esquissent véritablement au mois d'août 2021, après avoir fait la connaissance de Nora Rupp et découvert son reportage photographique sur la ZAD du Mormont (la première mobilisation de ce type en Suisse, développant un écologisme nouveau, créatif, libéré des vieux modèles protectionnistes). La mise en scène présentera non seulement ces étonnants clichés, mais s'en inspirera pour développer une enveloppe scénographique tridimensionnelle.

Ce jeu de traduction fait également ressurgir une idée ébauchée un an plus tôt: inviter Benoît et Marie Huot à projeter leur univers baroque dans une caravane. Faute de pouvoir visiter la maison des deux artistes, ce substitut offrait – à échelle réduite – la possibilité de s'immerger complètement dans leur œuvre. Immédiatement séduit, le couple se lance dans l'aventure, en étroite collaboration avec Raphaël von Allmen à la planification et Serge Perret à la réalisation. Le défi consistait à réaliser un aménagement sous forme de plaques qui pourraient ensuite être montées dans la structure et former un tout parfaitement homogène. Le moins qu'on puisse dire est que le résultat a largement dépassé nos attentes, amenant les artistes eux-mêmes à imaginer de nouvelles façons de travailler.

Dans la foulée, Estelle Brousse découvre le travail du photographe canadien Olivier Matthon sur la vie de cueilleurs de champignons sauvages similaires à ceux étudiés par Anna Tsing. Une troisième installation voit ainsi le jour, cette fois dans une tente. Il faut préciser que, après avoir mobilisé Nora Rupp et Benoît Huot, les propositions artistiques sont devenues la base de cet espace. En effet, pour évoquer des pratiques sociales nouvelles, trouver des objets, des documents et des témoins n'avait rien d'une évidence. Pour preuve, malgré deux tentatives, nous n'avons pas pu intégrer les militant·e·s zadistes au développement de la section où ils apparaissaient, d'une part à cause de raisons organisationnelles (aucun·e ne voulait s'exprimer au nom du collectif) et d'autre part afin de protéger l'anonymat de personnes menacées de poursuites juridiques. Le recours aux œuvres offrait l'immense avantage de pouvoir donner une forme à des réalités complexes, émergentes, mais sans en arrêter le sens, sans les figer dans un discours trop corseté. Les photos de l'artiste Jonk, inscrites dans la mouvance URBEX, vinrent idéalement compléter ce panorama. En présentant des bâtiments désaffectés et retournés à l'état « sauvage », elles aussi esquissent de nouveaux équilibres et rappellent que notre vision du monde ne doit pas forcément se limiter aux oppositions binaires héritées de l'âge moderne.

Alors que nous avions imaginé finir l'exposition sur ces points de suspension, un élan collectif nous a poussés, dès octobre 2021, à considérer une chute plus conventionnelle, ramenant notre réflexion à l'ethnologie et à des enjeux formulés de manière plus explicite. Une dernière salle est donc apparue au bout de la galerie, avant les marches qui reconduisent les visiteurs à leur quotidien. L'idée était notamment de mobiliser les recherches effectuées par deux collègues de l'Institut d'ethnologie autour des abeilles, animaux emblématiques de la crise environnementale, au statut légal ambigu (partiellement sauvage et domestique, avec de nombreux glissements possibles le long de cette frontière) et dont la disparition entrainerait immanquablement celles des Humains qui – privés de pollinisation – ne pourraient plus cultiver leur nourriture. Le sujet tombait à pic dans la mesure où il permettait aussi, via la ruche, de rappeler la ville initiale. En opérant un prodigieux changement d'échelle, le visiteur serait donc invité à parcourir une architecture non humaine avant de ressortir. Cette belle intuition ne pouvait bien sûr que provoquer des sueurs froides chez nos scénographes, confrontés à un challenge particulièrement délicat. Après avoir exploré différentes pistes en lien avec des alvéoles cartonnées, ils se sont finalement orientés vers une alternative textile, en suggérant l'emploi d'images vidéo pour poser le cadre et le propos. Une fois de plus, c'est une rencontre qui nous a permis de résoudre l'équation. En l'occurrence avec la biologiste Myriam Lefebvre, qui étudie et photographie des abeilles depuis longtemps et postule que de nombreuses connaissances à leur sujet relèvent du fantasme, un peu comme les philosophes des Lumières ont projetés leurs désirs et leurs attentes sur le fameux « bon sauvage ».

Pour boucler la boucle, l'artiste Lionel Sabbaté nous a fait l'honneur de concrétiser une œuvre qui lui trottait dans la tête depuis quelque temps et qui mobilisait un essaim d'abeilles mortes...

Avant de laisser nos lectrices et lecteurs se plonger dans les méandres de l'exposition et se faire leur propre opinion, il est essentiel de rappeler à quel point nous sommes fiers de cet exercice. D'abord eu égard à la période difficile dans lequel il a vu le jour. Tandis que de nombreuses entreprises étaient reportées, abandonnées ou rééchelonnées, c'est un immense plaisir d'avoir pu malgré tout fédérer nos équipes et développer un projet à notre image, sans faire de concession, sans rien sacrifier par mesure de prudence ou d'économie. La gageure fut d'autant plus importante que *L'impossible sauvage* est la plus grande exposition jamais présentée dans nos murs avec l'équivalent d'un tiers supplémentaire en termes de superficie, de travail et de problèmes à gérer. Nous profitons de l'occasion pour saluer toutes les personnes qui ont participé à l'aventure et ont permis d'atteindre un tel niveau de qualité.

L'IMPOSSIBLE SAUVAGE

FR La nouvelle exposition du MEN fait écho à celle présentée au Muséum d'histoire naturelle de Neuchâtel entre 2020 et 2022. Elle constitue le deuxième volet d'une réflexion sur la notion de « sauvage », abordée cette fois du point de vue des sciences humaines.

En qualifiant d'emblée le sauvage comme impossible, la proposition du MEN souligne le caractère ambigu de cette notion qui varie en fonction des locuteur·rice·s, des contextes, des imaginaires culturels, des valeurs sociales et des sensibilités individuelles.

Pour un musée d'ethnographie, le sujet renvoie aux fondements de la discipline, aux différentes manières de penser l'altérité, aux grands mythes qui opposent les bons et les mauvais sauvages. Il pousse également à questionner la persistance de telles représentations aujourd'hui. Alors que le « progrès » angoisse une part croissante de la population, le sauvage opère une mue significative. Il perd sa fonction de repoussoir et vient à incarner différentes alternatives aux maux qui hantent les sociétés occidentales.

L'impossible sauvage invite à explorer cette nouvelle topographie. La visite commence par la traversée d'une ville oppressante, allégorie de la domestication où le « sauvage » ne cesse pourtant de ressurgir. Elle se poursuit à travers une forêt merveilleuse où se dessinent trois imaginaires : l'idéalisation tenace des « peuples autochtones » et de leur frugalité ; l'espoir de communier avec une nature bienfaisante ; l'envie de retrouver une bestialité enfouie sous les codes de la modernité. À l'étape suivante, dans un enchevêtrement de branches, chacun de ces projets dévoile ses limites et ses contradictions, rappelant que l'envie de cultiver le sauvage aboutit à altérer son caractère.

Le dernier tableau esquisse un lieu utopique entre friche industrielle, zone à défendre et champ de ruines. Différentes expérimentations sociales et artistiques y brouillent l'opposition sauvage-domestique, présentent l'émergence de nouveaux équilibres et des manières inédites d'habiter le monde.

DE Die neue Ausstellung des MEN knüpft an die Ausstellung des Naturhistorischen Museums von 2020 bis 2022 an. Sie setzt sich wiederum mit der «Wildheit» auseinander, diesmal aber aus dem Blickwinkel der Humanwissenschaften.

Mit der Einordnung des Wilden als etwas Unmögliches hebt das MEN die Ambivalenz des Begriffs hervor, der je nach Stimme, Kontext, kulturellen Vorstellungswelten, gesellschaftlichen Werten und persönlichen Sensibilitäten anders geprägt ist.

Aus der Warte eines Ethnografiemuseums lässt das Thema an die Ursprünge der Disziplin zurückdenken, die unterschiedlichen Arten, Anderssein wahrzunehmen, die grossen Mythen, die gute und böse Wilde gegenüberstellen. Es lässt uns aber auch hinterfragen, inwiefern solche Vorstellungen heute noch vorherrschen. Während der «Fortschritt» einem immer grösser werdenden Teil der Bevölkerung Angst macht, durchläuft der Wilde eine beachtliche Mauser. Er verliert seine kontrastierende Wirkung und bietet Alternativen zu den Übeln, die die westlichen Gesellschaften plagen.

L'impossible sauvage lädt dazu ein, diese neue Topografie zu ergründen. Der Besuch beginnt mit der Durchquerung einer beklemmenden Stadt, Sinnbild des Zähmens, wo trotz allem immer wieder das «Wilde» ausbricht. Es geht weiter durch einen herrlichen Wald, in dem sich drei Vorstellungswelten abzeichnen: die hartnäckige Idealisierung der «einheimischen Völker13» und ihrer Genügsamkeit, die Hoffnung, mit der heilenden Natur eins zu werden, und der Wunsch, unter den Codes der Moderne verborgene Bestialität aufzudecken. Etwas weiter, bei einem Wirrwarr von Ästen, zeigen sich die Grenzen und Widersprüche der Projekte und erinnern daran, dass jedes Bestreben, Wildheit zu kultivieren, schlussendlich dessen Eigenart verändert.

Das letzte Bild skizziert einen utopischen Ort zwischen Industriebrache, besetzter Zone und Ruinenfeld. Verschiedevne soziale und künstlerische Experimente lassen den Gegensatz wild-gezähmt verschwimmen und zeigen ein neu auftauchendes Gleichgewicht und ungekannte Formen, die Welt zu bewohnen.

EN The latest show at the MEN echoes the one featured by the Museum of Natural History from 2020 to 2022. Focusing for a second time on the notion of "wild", this show takes up the notion from the angle of the human sciences.

By qualifying the wild as impossible right from the start, the MEN's proposition lays emphasis on the ambiguous character of this notion... a notion that varies depending on the speaker, the context, cultural fantasies and, too, the social values of the day as well as the viewers' personal leanings.

For an ethnographic museum, the subject touches upon its very foundations, entailing as it does the different ways for thinking about otherness and, too, the great myths that would pit the good savages against the bad ones. It also has viewers question the persistence of such representations to this day. Although a growing part of today's population sees "progress" as worrisome, the wildness is undergoing a significant makeover. Losing its role as a deterrent, it now appears as the incarnation of various alternatives to all the evils befalling Western societies.

L'impossible sauvage invites viewers to an exploration of this new topography. The visit begins with a trip across an oppressive city, as an allegory of a domestication in which nonetheless the "wild" never fails to resurface. It goes on to describe a marvelous forest harboring three imaginary scenarios: the enduring idealization of "native peoples" and of their frugality, the hope of communing with a good-willed Nature, and the desire to rediscover the bestiality hidden under layers of modern codes. The following stage features a tangle of branches where each of these projects discloses its limits and contradictions, as if to remind us that the urge to cultivate the wild ends up altering its very character.

The last scene sketches out a utopian site encompassing an industrial wasteland, a zone to be protected and a field of ruins. Various social and artistic experiments serve to muddle the distinction between wild and domestic and, as such, present the emergence of new equilibriums and heretofore untested manners of inhabiting the world.

DANS LA JUNGLE DES VILLES

Dans l'imaginaire qui se déploie autour du sauvage, la ville occupe une position ambivalente. Figurant le triomphe de la domestication, elle nourrit aussi des représentations inverses lorsque cette maîtrise semble échapper aux habitant·e·s, comme en témoigne la métaphore de la jungle urbaine. Parallèlement, le retour d'animaux et de plantes non domestiqués au coeur des villes fait espérer à certain·e·s l'émergence de nouveaux rapports avec le monde sauvage.

La mise en scène propose une déambulation poétique dans une grande ville où le sauvage ne cesse de ressurgir à tous les coins de rue, sous toutes les formes possibles : requins de la finance et meutes urbaines ; publicités qui jouent sur le frisson de la bestialité ; livres et expositions qui cultivent la nostalgie du bon sauvage ; musiques et fêtes qui cherchent à dynamiter les codes sociaux ; jouets qui pacifient les grands fauves ; gadgets pour déchaîner sa vie érotique ; emblèmes qui traduisent une volonté paradoxale de liberté et de conformité... Qu'il s'agisse de stigmatiser certains comportements, de nourrir une quête d'émancipation ou de questionner la place de la nature au sein d'environnements contrôlés, l'imaginaire du sauvage est à la fois omniprésent et fuyant. Par analogies, par glissements, par dérobades et par provocations, il semble bel et bien résister à la domestication conceptuelle.

IM DIKICHT DER STÄDTEN

In der Vorstellungswelt rund um die Wildheit nimmt die Stadt eine zwiespältige Rolle ein. Sie ist zwar Sinnbild für die durchschlagende Zähmung, sie nährt aber auch gegensätzliche Bilder, wie es der Ausdruck des städtischen Dschungels verdeutlicht, wenn den EinwohnerInnen die Kontrolle zu entgleiten scheint. Zugleich erweckt die Rückkehr ungezähmter Tiere und Pflanzen in die städtischen Zentren bei manchen die Hoffnung auf einen neuen Zugang zur wilden Welt.

Die Inszenierung verleitet uns zum poetischen Schlendern durch eine grosse Stadt, in der das Wilde an allen Ecken in allerlei Form auftaucht: Finanzhaie und urbane Meuten; Werbung, die mit dem Bestialischen reizt; Bücher und Ausstellungen, die die Nostalgie des guten Wilden nähren; Konzerte und Feste, die die gesellschaftlichen Codes sprengen wollen; Spielzeug zum Zähmen grosser Raubtiere; Gadgets zur Entfesselung des erotischen Lebens; Symbole einer widersprüchlichen Sehnsucht nach Freiheit und Konformität... Ob Verhaltensweisen stigmatisiert, die Suche nach Emanzipation genährt oder die Stellung der Natur in einer kontrollierten Umgebung hinterfragt werden, die Vorstellungwelt des Wilden ist allgegenwärtig und zugleich kaum fassbar. Über Analogien, Verschiebungen, Ausweichmanöver und Provokation widersetzt sie sich der konzeptuellen Zähmung.

IN THE JUNGLE OF THE CITIES

In the realm of the imaginary we associate with the wild, cities take on an ambivalent status. Seen as the triumph of domestication, they also nourish our opposite representations, in as much as such mastery seems to escape its inhabitants. One thinks, for example, of the urban jungle. Parallel to this, the return of undomesticated animals and plants to the very heart of our cities leads some to hope for the emergence of new relations with the world of the wild.

The staging takes viewers on a poetic stroll through a big city, where the wild seems to emerge at every street corner and in every possible shape: financial sharks and urban packs; advertisements resorting to the shudder of bestiality; books and exhibitions seeking to explode social codes; toys for pacifying giant wild animals; gadgets to unleash one's erotic life; emblems translating into a paradoxical will for both freedom and conformity... Whether it be to stigmatize certain behaviors, to nourish a search for emancipation or to question the role of nature within controlled environments, the imaginary wild is both omnipresent and fleeting. Be it by analogies, slides, dodgings or provocations, it does indeed resist any conceptual domestication.

Dans la première moitié du XXe siècle, plusieurs mouvements artistiques développent un goût pour l'art «primitif». Les créateur·rice·s y voient des moyens d'échapper aux conventions esthétiques occidentales et de développer une approche plus instinctive. Figure emblématique et aujourd'hui controversée de ce mouvement, Paul Gauguin, qui se présentait lui-même comme un sauvage, termine sa vie aux Marquises après des séjours à Tahiti. Cent ans plus tard, de nombreuses expositions célèbrent toujours cette période de fascination artistique pour l'ailleurs. Dans un évier, des tasses-souvenirs évoquent une consommation prestigieuse mais pas tout à fait innocente de l'altérité.

Dans la première moitié du XXe siècle, plusieurs mouvements artistiques développent un goût pour l'art « primitif ». Les créateur·rice·s y voient des moyens d'échapper aux conventions esthétiques occidentales et de développer une approche plus instinctive. Figure emblématique et aujourd'hui controversée de ce mouvement, Paul Gauguin, qui se présentait lui-même comme un sauvage, termine sa vie aux Marquises après des séjours à Tahiti. Cent ans plus tard, de nombreuses expositions célèbrent toujours cette période de fascination artistique pour l'ailleurs. Dans un évier, des tasses-souvenirs évoquent une consommation prestigieuse mais pas tout à fait innocente de l'altérité.

MO
LE DOUANIER ROUSSEAU
L'INNOCENCE ARCHAÏQUE
MUSÉE D'ORSAY
DE PICASSO À SÉRAPHINE
WILHELM UHDE ET LES PRIMITIFS MODERNES
29 SEPT. 2017 → 7 JANV. 2018

PICASSO
PRIMITIF
Dubuffet
PRIMITIVISM
IN 20TH CENTURY ART
L'ÂME
PRIMITIVE
MUSÉE
ZADKINE

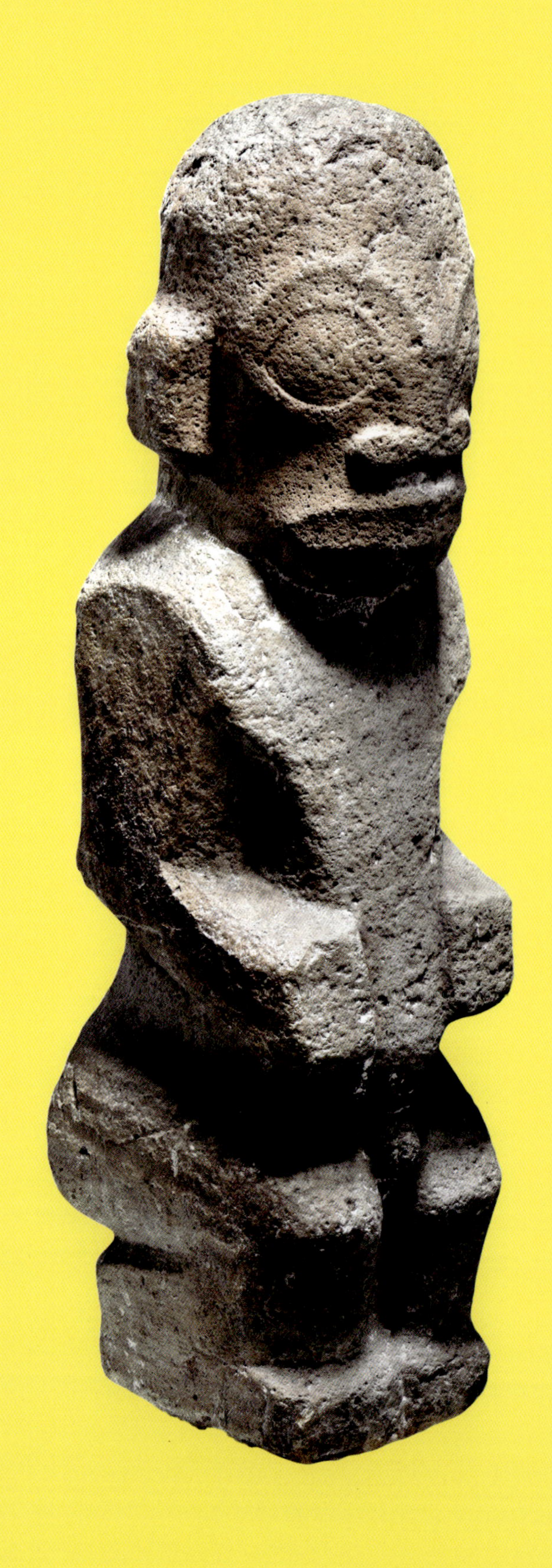

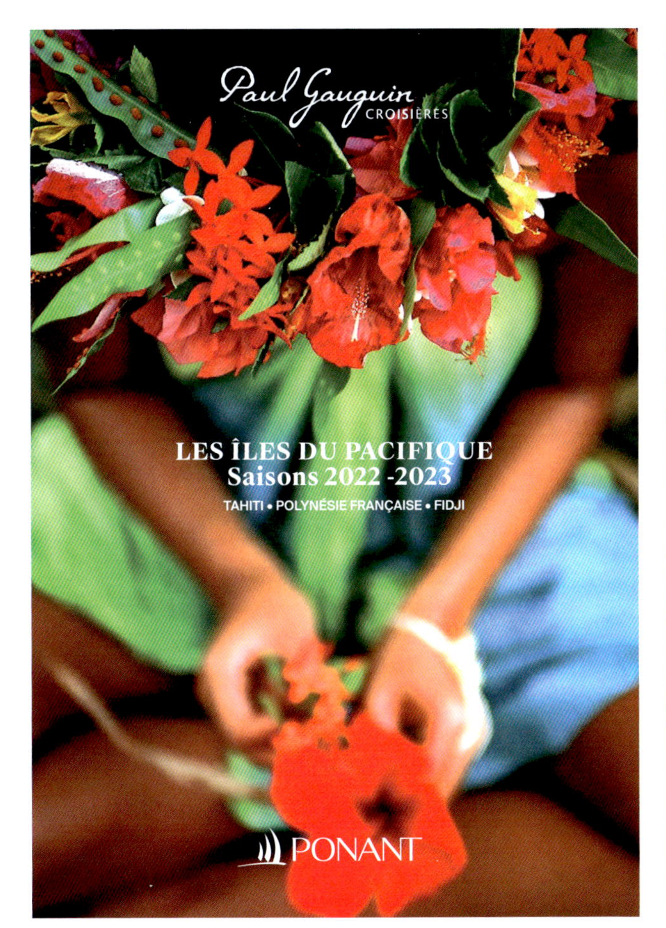

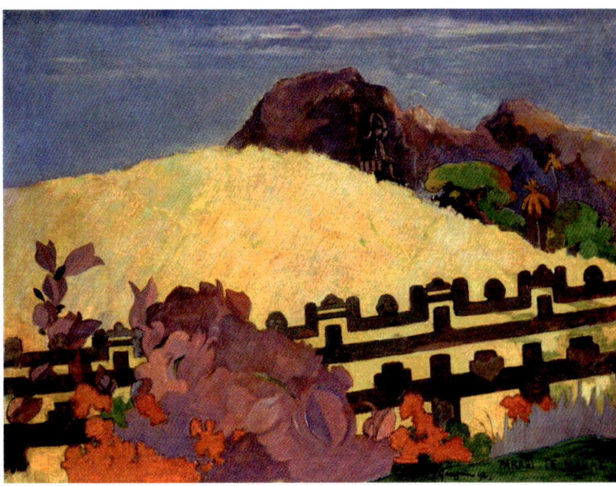

Couverture de la brochure « Paul Gauguin Croisières, saison 2022-2023 », octobre 2021, Studio Ponant, Marseille. Crédits photos : © PAUL GAUGUIN CRUISES - Tim McKenna, Roger Paperno, Jesse Kalisher, Florian Courrege

Paul Gauguin, 1892, Parahi Te Marae, huile sur toile, 68x91 cm, Philadelphia Museum of Art.

La tombe de Paul Gauguin au cimetière d'Atuona en 1909. Archives Koenig

Admirateur de Gauguin, le banquier André Krajewski, visite sa sépulture lors de son voyage à Atuona en 1909 dont il ramène une statue qu'il identifie comme le dieu Pota, achetée en 1919 par le Musée d'ethnographie.

Tiki
Atuona, île Hiva Oa, îles Marquises
Avant 1909
Pierre
H.: 117 cm
MEN V.1

S'échappant d'un flacon de pensée sauvage, une nuée de livres aux effluves similaires envahit les présentoirs d'une librairie. Robinsonnades, fables écologiques, manuels de retour à une vie sans béquilles technologiques, traités sur la communication entre les arbres, ouvrages écrits d'un point de vue animalier… Cent cinquante ans après Henry David Thoreau, les enseignements de la forêt continuent de passionner auteur·rice·s et lecteur·rice·s.
CHASSEUR, CUEILLEUR, PARENT
LE LIVRE PHÉNOMÈNE
L'ENQUÊTE SAUVAGE
ICEBERG
KIM PASCHE
L'ENDROIT DU MONDE
Jack London

S'échappant d'un flacon de pensée sauvage, une nuée de livres aux effluves similaires envahit les présentoirs d'une librairie. Robinsonnades, fables écologiques, manuels de retour à une vie sans béquilles technologiques, traités sur la communication entre les arbres, ouvrages écrits d'un point de vue animalier… Cent cinquante ans après Henry David Thoreau, les enseignements de la forêt continuent de passionner auteur·rice·s et lecteur·rice·s.

Ouvrages exposés

BOYLE Marc. 2021.
L'Année sauvage - Une vie sans technologie au rythme de la nature.
Groupe Margot.

BRADBURY Jamey. 2020.
Sauvage.
Paris : Gallmeister.

BUSNEL François & FOTTORINO Eric. 2018.
Que reste-t-il de l'Amérique Sauvage ?
America magazine, Tome 5.

CAMBE Alban. 2021.
Petite déclaration d'amour à la forêt : notre nature profonde.
Clermont-Ferrand : Éditions Suzac

COCHET Gilbert & KREMER-COCHET Béatrice. 2020. *L'Europe réensauvagée - Vers un nouveau monde.* Arles : Actes Sud.

DELORME Geoffroy. 2021.
L'homme-chevreuil : sept ans de vie sauvage.
Paris : Les Arènes

DESPRET Vinciane. 2019.
Habiter en oiseau.
Arles : Actes Sud.

ESTES Clarissa Pinkola. 2001.
Femmes qui courent avec les loups : histoires et mythes de l'archétype de la femme sauvage.
Paris : B. Grasset.

FITCH Chris. 2017.
Atlas des terres indomptées : à la découverte d'un monde sauvage.
Éditions de La Martinière.

HUNT Nick. 2020. *Où vont les vents sauvages : marcher à la rencontre des vents d'Europe des Pennines jusqu'en Provence.*
Paris : Hoëbecke

JEFFERS Robinson. 2015.
Le Dieu sauvage du monde.
Marseille : Wild Project.

KARHU Jacob. 2021.
Vie sauvage, mode d'emploi - L'ermite des Pyrénées.
Paris : Flammarion.

KRAKAUER Jon. 2007.
Into the wild.
London : Pan Books.

LONDON Jack. 2019.
L'Appel de la forêt.
Paris : Folio.

MARQUIS Sarah.
Sauvage par nature : 3 ans de marche extrême en solitaire de Sibérie en Australie.
Paris : Pocket.

MEYER Carla 2020.
Logiques survivalistes en Suisse romande.
Ethnoscope, vol. 20.
Neuchâtel : Institut d'ethnologie.

NOVEL Anne-Sophie. 2022.
L'enquête sauvage : pourquoi et comment renouer avec le vivant ?
Neuchâtel : Editions de la Salamandre ;
Paris : Colibris.

PASCHE Kim. 2021.
L'endroit du monde : en quête de nos origines sauvages.
Paris : Arthaud.

PERENNE Sylvie. 2022.
Mes nuits sauvages.
Editions Jouvence.

PIGNOCCHI Alessandro. 2017.
Petit traité d'écologie sauvage.
Paris : Steinkis.

POWERS Richard. 2018.
L'arbre-monde.
Paris : Le Cherche Midi.

REMAUD Olivier. 2020.
Penser comme un iceberg.
Arles : Actes Sud.

RUBIN Antoine. 2018.
Et il y a ceux des forêts.
Ethnoscope, vol. 17.
Neuchâtel : Institut d'ethnologie.

SARANO François. 2020.
François Sarano, réconcilier les hommes avec la vie sauvage.
Arles : Actes Sud.

SAURY Alain. 1986.
Le manuel de la vie sauvage ou revivre par la nature.
St-Jean de Braye : Éditions Dangles.

THOREAU Henry David. 2017.
Walden ou la vie dans les bois.
Paris : Albin Michel

TIRABOSCO Tom. 2019.
Femme sauvage.
Paris : Futuropolis.

WOHLLEBEN Peter. 2017.
La vie secrète des arbres.
Paris : Les Arènes.

ZASK Joëlle. 2020.
Zoocities : des animaux sauvages dans la ville.
Paris : Premier Parallèle.

Boîte de comprimés de pensée sauvage
France, 2022
Polymères synthétiques
H. : 12 cm
Sans collection

Wall Street, symbole de l'économie capitaliste: entre les gratte-ciels nagent les fameux requins de la finance, représentés ici sous formes de billets verts pliés en origamis. Patients, ils attendent leurs proies, qu'il s'agisse de Bitcoin whales ou de petits poissons. Une vision sous-marine du capitalisme sauvage.

Six billets pliés en forme de requin
Russie, 2022
Papier
L.: 10 cm
MEN 22.10.1.a-f

SAVE
ME
50ml ℮
XERJOFF
Spray to help
SAVE ME

L'imaginaire du sauvage est également prisé dans la parfumerie. Indépendamment des produits qu'elles mélangent, certaines marques en font un outil publicitaire combinant vigueur, sensualité, glamour et autonomie. Alternativement, l'eau de toilette *Save Me* détourne ces codes pour sensibiliser à une cause animale : la protection des blaireaux.

Flacon de parfum Dior
Ardèche, France, 2022
Verre coloré, métal
H. : 10,5 cm
MEN 22.14.1.a-b

Flacon de parfum Xerjoff
Turin, Italie, 2022
Verre coloré, métal
H. : 12,5 cm
MEN 22.3.1.a-c

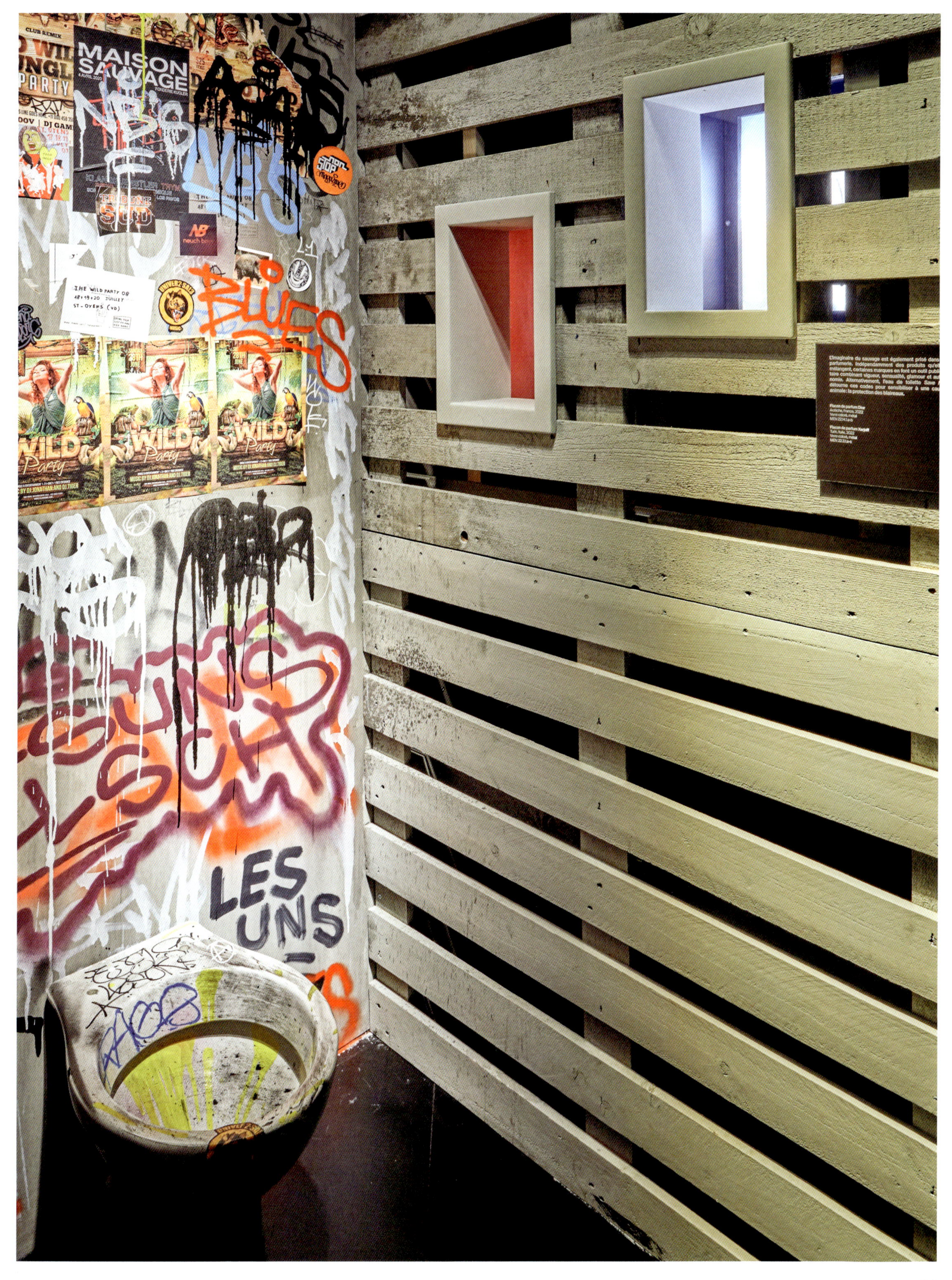
MAISON SAUVAGE
THE WILD PARTY 08
18+19+20 JUILLET
ST-OYENS (VD)
WILD Party
BLUES
LES UNS
L'imaginaire du sauvage est également prisé dans
parfumerie. Indépendamment des produits
mélangent, certaines marques en font un outil
taire combinant vigueur, sensualité, glamour et
nomie. Alternativement, l'eau de toilette Save
détourne ces codes pour sensibiliser à une
animale : la protection des blaireaux.
Flacon de parfum Dior
Verre coloré, métal
Flacon de parfum Xerjoff
Turin, Italie, 2022
Verre coloré, métal

WILD LIFE
Words and Music by RYAN TEDDER, BRENT KUTZLE and JOHN NATHANIEL
Wilde Heart - The Vamps

WILD HORSES
Words and Music by
MICK JAGGER and
KEITH RICHARDS
Words and Music by
CAT STEVENS
Moderately slow
A. Gtr.

Dans la mouvance rock, le sauvage tient lieu de programme philosophique. Il se traduit par une attitude rebelle; une musique tonitruante dont les paroles valorisent beaucoup le terme «wild»; un folklore nourri de transgressions et d'excès en tous genres; un look faisant la part belle aux matières animales telles que le cuir ou la peau de serpent. Le modèle est ici évoqué à rebours, à travers des partitions qui désignent l'institutionnalisation, à laquelle nulle forme artistique ne réchappe, même lorsqu'elle se revendique «Born to be wild». Quant à l'iguane, il danse et vocifère toujours sur les scènes du monde…

Squelette d'iguane vert
Brésil, début du XXe siècle
os, bois
L.: 81 cm
Naturhistorisches Museum Bern,
NMBE1008833

Paire de bottes en iguane
États-Unis d'Amérique, 2022
Cuir en peau d'iguane, bois, caoutchouc
H.: 13,5 cm
MEN 22.1.1.a-b

Le cinéma de fiction a contribué à promouvoir un modèle de nature sauvage, hostile et incontrôlable. Animaux géants ou monstrueux, catastrophes naturelles et autres virus tueurs y amènent volontiers le chaos au sein de villes bien ordonnées. Le *King Kong* de Cooper & Schoedsack (1933) en est une illustration pionnière. Trente ans plus tôt, l'invention de l'ours en peluche traduit un mécanisme inverse : l'annexion marchande dans l'intimité de l'enfance d'un animal jusque-là réputé dangereux.

Page précédente

Image tirée du film *King Kong*
Tirage numérique
Los Angeles, 1933
Cooper & Schoedsack

Ours en peluche
Bâle, années 1920
Mohair
H.: 28 cm
Spielzeug Welten Museum, Bâle, n°1932

Ours en peluche Willy Weiermüller
Bâle, années 1930
Peluche de laine
H.: 28 cm
Spielzeug Welten Museum, Bâle n° 644

Ours en peluche
Bâle, années 1930
Mohair
H.: 26 cm
Spielzeug Welten Museum, Bâle, n°1956

Ours en peluche Schuco
Bâle, années 1920
Mohair
H.: 31 cm
Spielzeug Welten Museum, Bâle, n° 1992

Ours en peluche
Bâle, années 1950
Mohair
H.: 24,5 cm
Spielzeug Welten Museum, Bâle, n° 1887

Ours en peluche Steiff
Bâle, date inconnue
Indéterminé
H.: 23 cm
Spielzeug Welten Museum, Bâle

Ours en peluche
Bâle, date inconnue
Indéterminé
H.: 24 cm
Spielzeug Welten Museum, Bâle

La mode fait volontiers usage de matières animales pour créer des vêtements : fourrures, soies, plumes, cuirs font partie des grands classiques. Parmi eux, les spécimens d'origine sauvage jouissent d'une aura particulière : ils traduisent un lien direct et exclusif avec la nature vierge. Ils font aussi l'objet de critiques récurrentes de la part de celles et ceux qui entendent protéger le Vivant. Aujourd'hui, des copies synthétiques permettent de s'épargner le dilemme et d'arborer un look animal en toute quiétude. Nouvelle tendance, le « Jungle chic » consiste à ensauvager les espaces domestiques en invitant la forêt vierge dans son salon, à grand renfort de mobilier et d'accessoires. Une manière de retrouver le paradis perdu sans renoncer au confort moderne ?

Lampe léopard
France, 2022
Résine synthétique, métal, tissu
H.: 79 cm
MEN 22.36.1.a-c

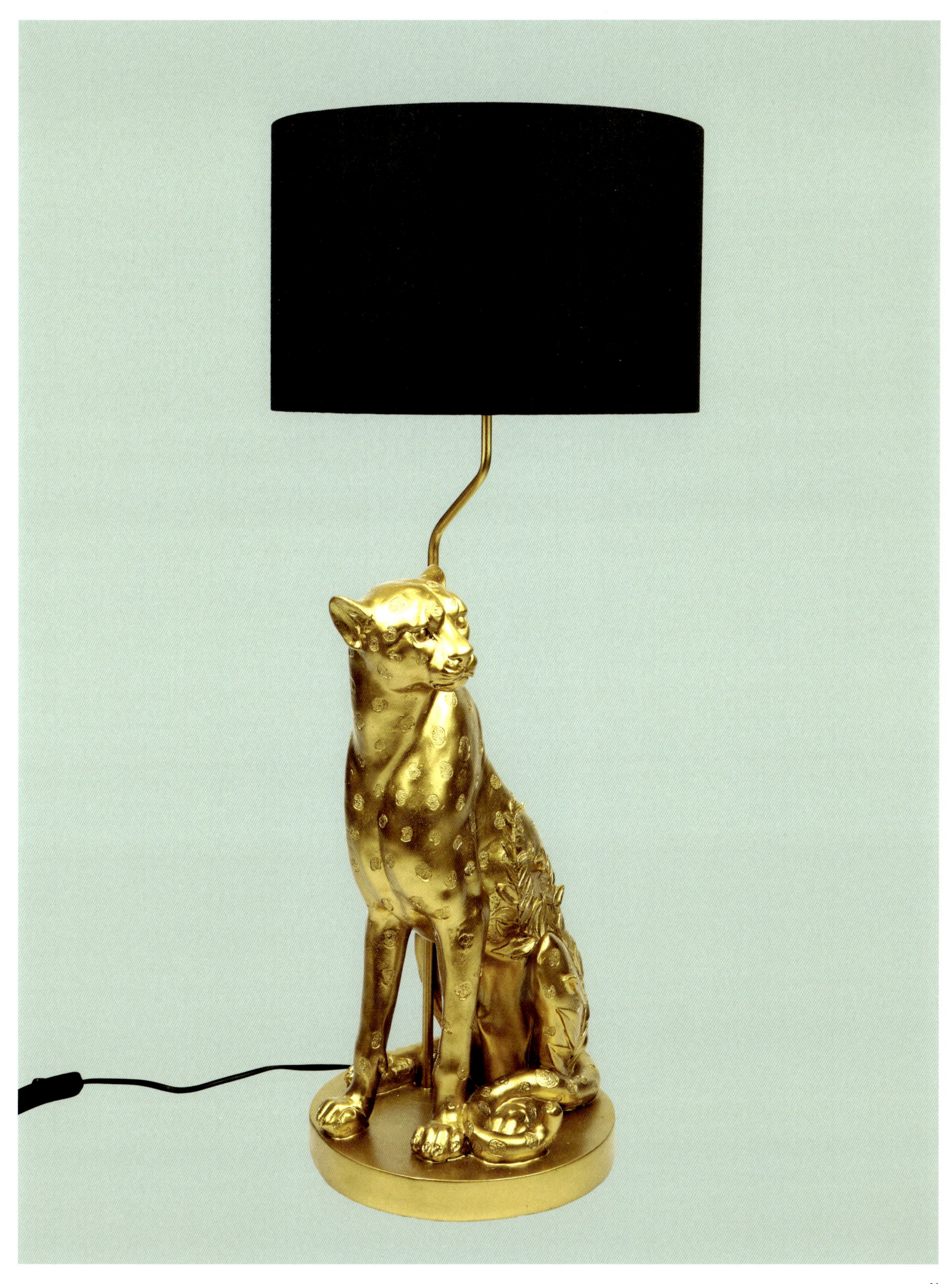

Culotte
Berlin, Allemagne, 2022
Polyamide, élastomère
L.: 47 cm
MEN 22.12.1

Écharpe
Berlin, Allemagne, 2022
Acétate de cellulose
L.: 200 cm
MEN 22.12.2

Paire de sandales
Berlin, Allemagne, 2022
Caoutchouc
L.: 25 cm
MEN 22.12.3.a-b

Coque de téléphone portable
Chine, 2022
Matières synthétiques
L.: 14,3 cm
MEN 22.28.1

Montre
Clermont-Ferrand, France, 2022
Métal, silicone
L.: 25 cm
MEN 22.41.1

Paire de gants
France, 2022
Polyester
L.: 23 cm
MEN 22.42.1.a-b

Lunettes de soleil
Saint-Épain, France, 2022
Matières synthétiques
L.: 16 cm
MEN 22.43.1

Chapeau
Châtillon, France, 2022
Laine
D.: 37,7 cm
MEN 22.44.1

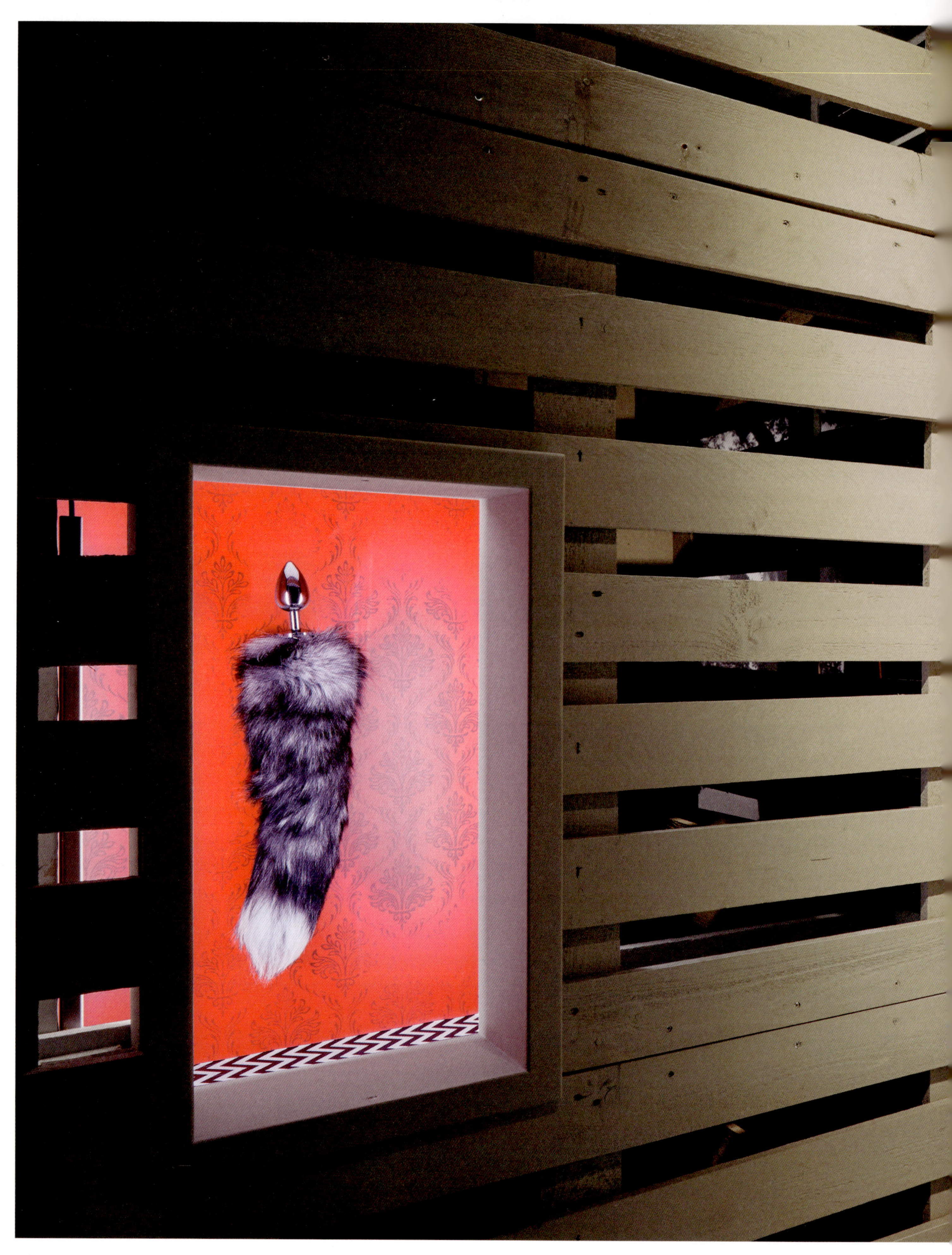

L'animalité est indissociable des représentations liées au sexe chez l'humain. Positions, taille et forme des organes, puissance et longueur des rapports, fécondité sont communément pensés à l'aide d'animaux-totems. L'industrie du sexe ne se prive pas d'exploiter ce riche imaginaire pour vanter ses produits. Mais puisque la consommation repose sur la surenchère, les objets prennent parfois des formes baroques, excessives, ouvrant des horizons inattendus aux fantasmes de bestialité. En témoignent ces godemichets en forme de trompe ou de tentacule, ce plug anal affublé d'une queue de renard ou cette pilule aphrodisiaque dont l'emballage montre un animal aussi menaçant que menacé.
Plug anal
Chine, 2021
Acier inoxydable, fibres synthétiques
MEN 21.7.1
Godemichet trompe d'éléphant
Chine, 2021
Silicone
MEN 21.6.3
Godemichet tentacule
Chine, 2021
Silicone
MEN 21.8.1
Capsules aphrodisiaques
États-Unis d'Amérique, 2022
Matières synthétiques et végétales
MEN 22.13.1.a-c
NEW
RHINO 69
LONG LASTING

L'animalité est indissociable des représentations liées au sexe chez l'humain. Positions, taille et forme des organes, puissance et longueur des rapports, fécondité sont communément pensés à l'aide d'animaux-totems. L'industrie du sexe ne se prive pas d'exploiter ce riche imaginaire pour vanter ses produits. Mais puisque la consommation repose sur la surenchère, les objets prennent parfois des formes baroques, excessives, ouvrant des horizons inattendus aux fantasmes de bestialité. En témoignent ces godemichets en forme de trompe ou de tentacule, ce plug anal affublé d'une queue de renard ou cette pilule aphrodisiaque dont l'emballage montre un animal aussi menaçant que menacé.

Godemichet tentacule
Chine, 2021
Silicone
H.: 21cm
MEN 21.8.1

Plug anal
Chine, 2021
Acier inoxydable, fibres synthétiques
L.: 62 cm
MEN 21.7.1

Capsules aphrodisiaques
États-Unis d'Amérique, 2022
Matières synthétiques
L.: 12,5 cm
MEN 22.13.1.a-c

Godemichet trompe d'éléphant
Chine, 2021
Silicone
H.: 19,5 cm
MEN 21.6.3

Lionel Sabatté est un artiste né en 1975 à Toulouse et et formé à l'Ecole Nationale Supérieure des Beaux-Arts de Paris. Ses œuvres questionnent le rapport au monde physique et à la disparition, en utilisant volontiers des matériaux apparentées aux rebuts des sociétés humaines tels que poussière, bois calciné, rognures d'ongles et peaux mortes. Le « Loup de Mai », créé pour l'exposition *L'impossible sauvage* s'inscrit dans le prolongement d'une installation qui a marqué les esprits au Jardin des Plantes de Paris en 2011. Il est constitué d'une structure métallique recouverte de moutons de poussière récupérés dans les tunnels du métro de la capitale française. La sculpture évoque ainsi la proximité entre urbain et sauvage, force et fragilité ainsi que les problématiques environnementales dues aux activités humaines.

Loup de mai
Lionel Sabatté
France, 2022
Poussières sur structure métallique
H.: 144 cm
Propriété de l'artiste

Depuis le Moyen Âge, les gens d'armes utilisent volontiers des animaux sauvages comme blasons. La tradition se poursuit à l'heure actuelle, notamment parmi les «unités de choc» de la police française. À la fin des années 2010, plusieurs voix questionnent cette pratique, observant que les figures étaient systématiquement des bêtes féroces marquant un ensauvagement des forces de l'ordre. L'ironie veut que les mêmes totems se retrouvent dans les armoiries chères aux groupes de motards et de hooligans. Le cas du hockey montre l'actualité du phénomène: depuis les années 1990, sous l'impulsion d'entraineurs nord-américains, de nombreuses équipes suisses ont adopté une bête sauvage comme emblème ou donné un caractère féroce aux mascottes existantes.

Depuis le Moyen Âge, les gens d'armes utilisent volontiers des animaux sauvages comme blason. La tradition se poursuit à l'heure actuelle, notamment parmi les « unités de choc » de la police française. À la fin des années 2010, plusieurs voix questionnent cette pratique, observant que les figures étalent systématiquement des bêtes féroces marquant un ensauvagement des forces de l'ordre. L'ironie veut que les mêmes totems se retrouvent dans les armoiries chères aux groupes de motards et de hooligans. Le cas du hockey montre l'actualité du phénomène: depuis les années 1990, sous l'impulsion d'entraîneurs nord-américains, de nombreuses équipes ont adopté une bête sauvage comme emblème ou donné un caractère féroce aux mascottes existantes.
Écussons des brigades de nuit
Patch « HC La Chaux-de-Fonds »
Patch « SC Bern »
Patch « SC Langnau »
Patch « Savages MC »
Patch « Ostrogoth »
Patch Vespa
Patch « Don't thread on me »
Patch « Lone wolf »
Patch « Wild Hogs »
Patch « Watain »
OSTROGOTH
HCC
LONE WOLF
NO CLUB

Écussons des brigades de nuit
Poulx, France, 2021
Fil de coton
D.: 8,9 cm
MEN 21.11.1, 2, 5 et 9

Patch « HC La Chaux-de-Fonds »
La Chaux-de-Fonds, 2022
Fil de coton
L.: 7,7 cm
MEN 22.18.1

Patch « SC Langnau »
Suisse, 1980-1990
Fil de coton
D.: 8,5 cm
MEN 22.25.1

Patch « SC Bern »
Suisse, 1980-1982
Matières synthétiques
D.: 6 cm
MEN 22.22.1

Patch « Wild Hogs »
États-Unis d'Amérique, 2022
Matières synthétiques
L.: 10,5 cm
MEN 22.8.1

Patch tigre
France, 2022
Fibre synthétique, thermoplastique
D.: 15 cm
MEN 22.47.1

Patch «Ostrogoth»
Arizona, États-Unis d'Amérique, 2022
Matières synthétiques
L.: 10 cm
MEN 22.20.1

Patch Vespa
Canada, 2022
Matières synthétiques
L.: 9 cm
MEN 22.21.1

Patch «Don't tread on me»
États-Unis d'Amérique, 2022
Matières synthétiques
L.: 7,5 cm
MEN 22.6.1

Patch « Lone wolf »
États-Unis d'Amérique, 2022
Matières synthétiques
L.: 11,5 cm
MEN 22.7.1

Patch « Watain »
Grande-Bretagne, 2022
Tissu synthétique
L.: 10 cm
MEN 22.9.1v

Patch «Savages MC»
États-Unis d'Amérique, 2022
Matières synthétiques
L.: 9,4 cm
MEN 22.19.1

L'affichage « sauvage » a beaucoup servi à promouvoir les mouvements de revendication sociale et culturelle avant d'être rattrapé par le « guérilla marketing ». Depuis les années 1980, le graffiti et le street art viennent ajouter de nouvelles possibilités au marquage et au détournement des murs. Malgré la reconnaissance de certains adeptes, le graf' est encore associé au vandalisme et à l'insécurité. À ce titre, il n'a pas perdu son Wild Style. Pour illustrer ces différents thèmes et prolonger ceux de l'exposition, Wilo et Blues – deux artistes neuchâtelois – ont orné les murs de cette ville en palettes.

EAT THE Rich
Contre la sauvagerie du capitalisme,
les travailleurs doivent imposer leur droit à l'existence !
GAFFA
actioncivique
VERMINE FASCISTE
Demander, revendiquer, défiler, négocier, s'arranger, se vendre, ou mordre la main qui nourrit ?
GREVE SAUVAGE
PILLAGE SABOTAGE
INSURRECTION !
ORGANIZE!

Depuis les années 2010, de nombreux·ses témoins constatent le retour d'animaux sauvages en milieu urbain. Cette situation est liée à des poubelles bien garnies et à l'abandon de certains produits chimiques utilisés jusque-là pour tenir à distance la faune « parasite ». Ce rapprochement génère des situations inattendues, drôles ou effrayantes. Le photographe Laurent Geslin a été un des premiers à documenter ces nouvelles formes de cohabitation, appliquant de manière littérale la notion de safari urbain. Au fond d'un container, une peau de pangolin se dessèche alors que des chauves-souris volètent alentour, deux espèces accusées d'avoir propagé un virus aussi célèbre qu'incontrôlable. Heureusement, toutes les bêtes ne sont pas logées à la même enseigne. D'aucunes se voient même installer des hôtels afin qu'elles contribuent à augmenter la biodiversité en ville.

Peau de Pangolin
Gabon, avant 1933
Écaille, peau, os
L.: 74,5 cm
MEN 91.16.12

Ours brun
Laurent Geslin
Brasov, Roumanie, 2010
De la série *Urban Wildlife*
Impression numérique

NEUCH
BOYS

SAUV
PROLONGATION
27.03.2022
AGE
2020
SAUVAGEONS EN VILLE!
12 RENCONTRES INSOLITES POUR RENDRE LAUSANNE PLUS SAUVAGE
URBAN LIFE!

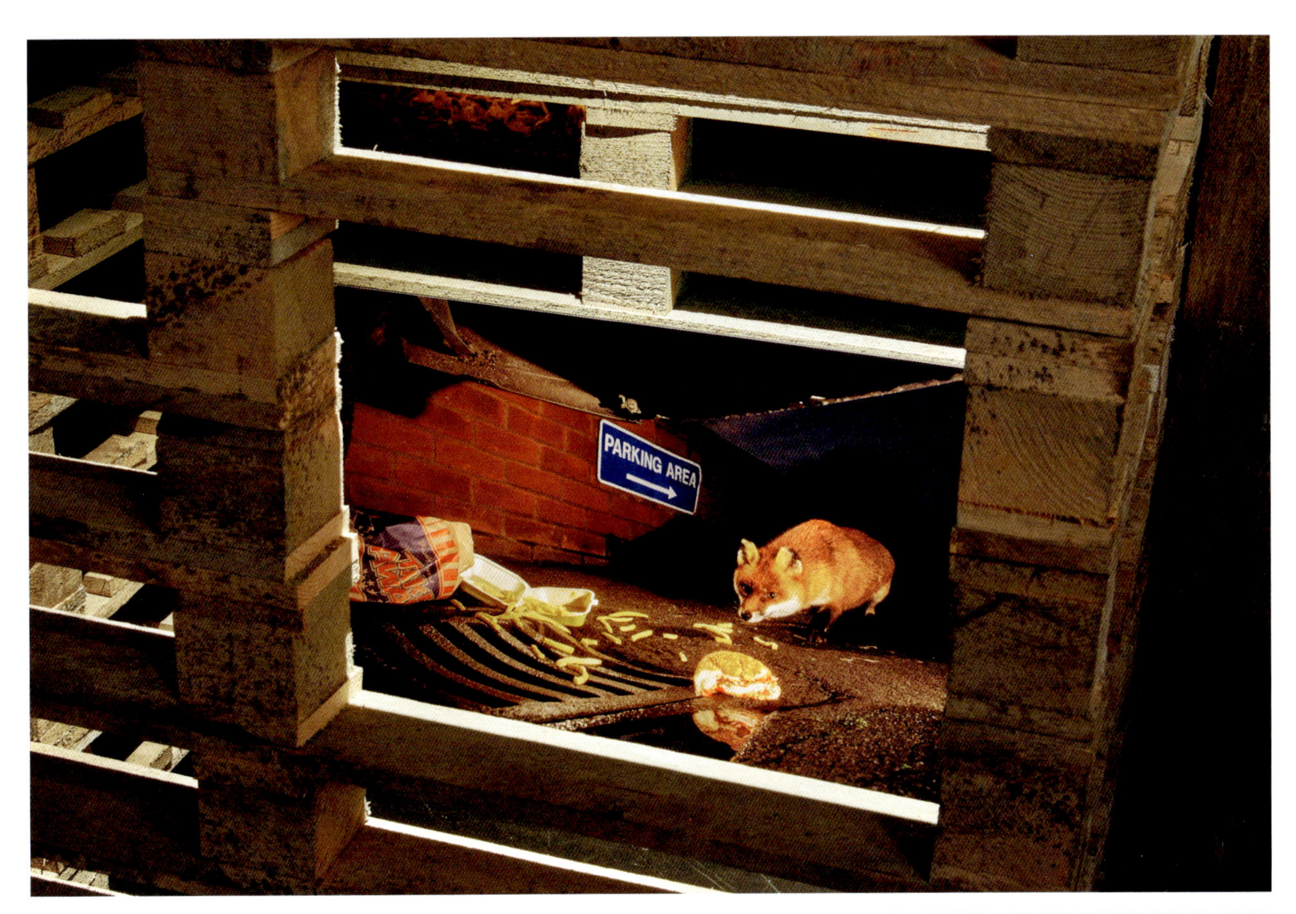

Renard urbain se nourrissant de junk food
Laurent Geslin
Londres, 2010
De la série *Urban Wildlife*
Impression numérique

Hôtel pour insectes
Allemagne, 2022
Bois
H.: 48 cm
Sans collection

L'APPEL DE LA FORÊT

Si la ville incarne les travers de la civilisation, la forêt apparaît comme une alternative. Elle est souvent perçue comme le siège de forces naturelles indomptées, le refuge des ermites, des poète·sse·s et de tou·te·s ceux·elles qui souhaitent échapper au tumulte humain pour faire l'expérience d'un autre rapport au monde. Cette vision romantique tend malgré tout à occulter le fait que les espaces boisés ne sont pas immuables ni forcément vierges d'actions humaines.

Dans un décor rappelant combien l'univers sylvestre a inspiré les artistes au fil du temps, trois clairières présentent autant d'utopies vivaces en termes de réconciliations avec les mondes sauvages : idéalisation récurrente du « bon sauvage » et de sa relation à l'environnement ; personnalisation de la nature et espoir de renouer avec elle un dialogue fructueux ; envie de retrouver une forme de sauvagerie intérieure, enfouie sous les codes de la bienséance moderne. Chaque thème est développé autour d'un arbre-totem qui inscrit la réflexion dans une histoire et autour de portraits filmés qui évoquent des prolongements contemporains. En arrière-plan, des objets ethnographiques invitent à questionner les manières dont les peuples extraeuropéens – parfois qualifiés de « racines » ou « premiers » – ont été régulièrement utilisés pour nourrir ces représentations.

DER RUF DES WALDES

Wenn die Stadt für die Mängel der Zivilisation steht, dann bietet sich der Wald als Alternative an. Er gilt oft als Ursprung ungebändigter Naturkräfte, Zufluchtsstätte für EinsiedlerInnen, DichterInnen und all jene, die dem menschlichen Tumult entkommen und eine andere Beziehung zur Welt erfahren wollen. Diese romantische Vision verdeckt aber häufig, dass Waldgebiete weder vom Menschen unberührt noch unveränderlich sind.

Inmitten des Dekors, das illustriert, wie stark die Wald- Welt KünstlerInnen im Wandel der Zeit inspiriert hatte, stehen drei Lichtungen für lebendige Utopien der Versöhnung mit der wilden Welt: Die immer wiederkehrende Idealisierung des „guten Wilden" und dessen Bezug zur Umwelt; die Personifizierung der Natur und die Hoffnung, in einen fruchtbaren Dialog mit ihr treten zu können; das Verlangen, eine Art innere Wildheit zu finden, die unter den Codes des modernen Anstands verborgen ist. Jedes dieser Themen entfaltet sich rund um einen Totem-Baum, der sich mit einer Geschichte und filmischen Porträts, die ihren Fortbestand in der Gegenwart beschwören, mit dem Thema auseinandersetzt. Im Hintergrund regen ethnografische Sammlungsstücke dazu an, die Art und Weise zu hinterfragen, wie aussereuropäische Völker – manchmal auch als „Urvölker" betitelt – regelmässig genutzt wurden, um solche Vorstellungen zu nähren

THE CALL OF THE WOODS

As much as the city incarnates the shortcomings of civilization, forests present an alternative. Often these are seen as the seat of untamed natural forces, or as a haven for hermits, poets and all those who seek to escape the human tumult on behalf of a different relationship with the world. Such a romantic vision nonetheless seems to obscure the fact that wooded spaces are not unchanging nor indeed necessarily untouched by the human hand.

In a staging bringing to mind how greatly the woodlands have inspired artists over the centuries, three glades present as many perennial utopias become reconciled with the wilderness: a recurrent idealization of "the noble savage" and the latter's relationship with his/her environment; the personalization of Nature and the hopes of linking back up with it through a fruitful dialogue; a desire to reconnect with a kind of inner savagery, since hidden under layers of modern decorum. Each theme is expanded upon through a totem tree inscribing the thinking into a story and in conjunction with filmed portraits that bring to mind contemporary prolongations. In the background, ethnographic pieces bring up questions as to the ways in which extra-European peoples – at times denoted as "natives" "roots" or "firsts" – have regularly served to nourish such representations.

«La simplicité et la nudité mêmes de la vie de l'homme dans les âges primitifs emportaient du moins cet avantage qu'elles lui permettaient de demeurer un simple résident de passage au sein de la nature. Sitôt rassasié de nourriture et de sommeil, cet homme était en mesure d'envisager la suite de son périple.»
Henry D. Thoreau. 2017 [1854]. Walden.
Paris: Editions Gallmeister. P. 53
«Entre dans les huttes des Iroquois, tu ne trouveras ni grands, ni petits, ni riches, ni pauvres; partout le repos du coeur et la liberté de l'homme. "Ici je fis le mieux qu'il me fut possible la peinture de notre bonheur, et je finis, comme à l'ordinaire, par inviter mon hôte à se faire sauvage.»
F.-R. Chateaubriand. 1826. Les Natchez
Ebooksfrance P. 63
«Je me croyais transporté dans le jardin d'Eden: nous parcourions une plaine de gazon couverte de beaux arbres fruitiers et coupée de petites rivières qui entretiennent une fraîcheur délicieuse, sans aucun des inconvénients qu'entraîne l'humidité. Un peuple nombreux y jouit des trésors que la nature verse à pleines mains sur lui. Nous trouvions des troupes d'hommes et de femmes assises à l'ombre des vergers; tous nous saluaient avec amitié; [...] partout nous voyions régner l'hospitalité, le repos, une joie douce et toutes les apparences du bonheur.»
L. A. de Bougainville. 1924. Voyage de Bougainville autour du monde (pendant les années 1766, 1767, 1768 et 1769). Paris: Pierre Roger et Cie p. 177.
«Ils sont sauvages, de même que nous appelons sauvages les fruits que nature de soi et de son progrès ordinaire, a produits: là où, à la vérité, ce sont ceux que nous avons altérés par notre artifice et détournés de l'ordre commun, que nous devrions appeler plutôt sauvages. En ceux-là sont vives et vigoureuses les vraies et plus utiles et naturelles vertus et propriétés, lesquelles nous avons abatardies en ceux-ci, et les avons seulement accommodées au plaisir de notre goût corrompu.»
Michel de Montaigne. 1580. Des Cannibales. Livre I, chapitre XXXI. P. 215
«Voici comment ils sont: la peau cuivrée
tirant sur le rouge, de beaux visages, des nez beaux
et bien faits. Ils sont nus sans rien pour se couvrir; ils
nullement de cacher ou de montrer leurs parties hont
sur ce point la même innocence que pour ce qui est c
[...] Car il est certain que ces gens sont d'une bonté et
entière et tout sceau dont on voudra les marquer s'im
en eux.»
Pèro Vaz de Caminha. 1500. Extraits de la Lettre de P
au roi Dom Manuel.

RETROUVER

Vue de l'Ile d'Huaheine avec l'Ewharra no Tatua, ou Maison de Dieu : petit Autel avec ses offrandes : arbre appelé Owharra, dont les Insulaires couvrent leurs maisons Dessin Sydney Parkinson, gravure William Woollet
In : James Hawkesworth. 1774. *Relation d'un voyage fait autour du monde, dans les années 1769, 1770 & 1771, par Jacques [James] Cook, commandant le vaisseau du roi l'Endeavour.*
Tome III, Paris : Saillant et Nyon ; Panckoucke.
Planche 4.
Archives MEN

Rencontre d'Indiens Piojès-Cotos vaux bords du Napo
Dessin de Vignal, d'après un croquis de l'auteur Lithographie découpée de Charles Wiener. 1883. « Amazone et Cordillères – 1879-1882 », *Le Tour du Monde* (Paris), p. 269.
Fonds Dubied, collection MEN

Récolte du miel au Mukoti
Charles-Emile Thiébaud, 1934
Angola
Négatif
MEN P.1992.1.94

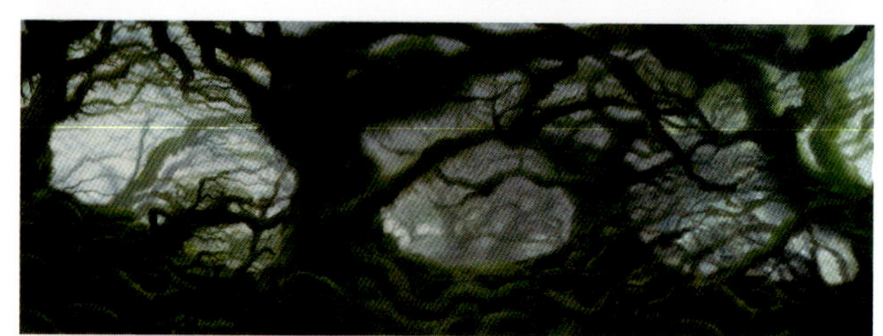

The Dark Forest
John Howe, 2021
Aquarelle et digital

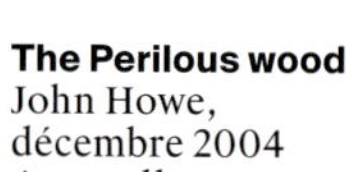

The Perilous wood
John Howe,
décembre 2004
Aquarelle

Giant Redwood Trees of California
Albert Bierstadt, 1874
Huile sur toile
Collection du Berkshire Museum,
Pittsfield, Massachusetts

Forêt vierge du Brésil
Dessin Charles Othon Frédéric
Jean-Baptiste, comte de Clarac,
gravure Fortier, 1819
Gravure colorisée
Collection Brasiliana iconogràfica 19160

Forèt Vierge près Manqueritipa, dans la province de Rio de Janeiro
Dessin Johann Moritz Rugendas,
lithogravure Engelmann et Cie
In : Moritz Rugendas. 1835. *Malerische Reise in Brasilien*. Paris : Engelmann et Cie. Planche 3, 1re Division.

Forest Fog Woods Trees Mystical Mysterious
Darkmoon_Art
Wallpaper
pixabay.com

Forêt 3D
Wallpaper
iwallpapers.
free.fr

Cabanes des possibles
Nora Rupp
Zad de la Colline, Eclépens, Suisse
Sans titre, 10 décembre 2020
Sans titre, 28 février 2021
Sans titre, 30 mars 2021
Sans titre, 30 mars 2021

Le cerf malade
Dessin Gustave Doré, gravure Adolphe Pannemaker et Albert Doms
In: Jean de la Fontaine. 1867. *Les fables de La Fontaine.* Livre douzième, fable IV. Tome II, Paris: Hachette. p. 306.

COMMUNIER

Les sociétés occidentales voient ponctuellement naître des mouvements qui souhaitent établir une connexion intime ou renouer des liens directs avec la nature sauvage. Des ermites chrétien·ne·s aux néo-druide·sse·s en passant par les peintres romantiques, de nombreuses personnes y cherchent un refuge, une source d'émerveillement, d'inspiration et d'enseignement. En filigrane s'esquisse l'image d'une entité cohérente, bienveillante, capable de guider les humains hors de leurs problèmes civilisationnels.

Dans cet espace, un arbre conjugue références hollywoodiennes et citation du poète Henri David Thoreau pour évoquer la sagesse prêtée aux forces naturelles et indomptées. Autour, une série de portraits illustrent différentes manières de vivre, aujourd'hui, ce désir de communication et d'apprentissage. En contrepoint, des objets amazoniens signalent que les peuples autochtones sont volontiers pris comme exemples d'un rapport mystique à l'environnement, idée que les observations ethnographiques ne valident pas toujours.

J'aime en partie la Nature parce qu'elle n'est pas l'homme mais un refuge loin de lui. Aucune des institutions humaines ne la contrôle ni ne l'envahit. Ici règne un droit différent. En son sein, je peux me réjouir d'une joie sans partage. Si ce monde était entièrement humain, je ne pourrais m'y déployer, je perdrais tout espoir. Pour moi, l'homme est contrainte, et elle liberté.

Henry David Thoreau. 2018 [1906]. *Journal*, le 3 janvier 1853.
Marseille : Le mot et le reste, version numérique, p. 165

Clairement, ce qu'il se passe dans un rite de passage, c'est de se rendre compte que l'histoire qu'on se raconte, sur soi-même, sur qui on est, sur ce qu'est le monde est peut-être plus tellement valable, ou en tout cas qu'il faut aller en examiner des bouts. Souvent ce qu'il y a c'est que ces histoires elles nous enferment, nous emprisonnent, nous font souffrir. C'est justement d'aller contacter, d'aller se connecter à ces parties de soi, où la vie est intacte. L'hypnose, si je renoue avec ce que je viens de dire là, c'est un moyen de rentrer dans nos propres espaces sauvages intérieurs. C'est les parties de nous qui sont indomptées, c'est les parts de nous qui sont vulnérables aussi et qu'on protège avec un personnage qu'on joue, qu'on se joue à soi-même, avec les histoires qu'on se raconte.

Guido Albertelli, philosophe, hypnothérapeute
2 min, 56 sec
Réalisation : Sélima Chibout et Céline Pernet

Le sauvage, cette nature, nous aide à vivre. Elle est extraordinaire, c'est une nourriture. Si vous la perdez, vous perdez le contact avec ce qui doit être le fondement de l'Homme, c'est-à-dire cette sensibilité de tout ce qui nous entoure. C'est… regarder mes arbres, que j'ai côtoyés tout le temps, tous les jours, pendant des heures et des heures. Je suis sûr qu'en les regardant, ils me regardent aussi. Pour l'Homme : « sauvage », c'est quelque chose qui est plutôt agressif, c'est quelque chose dont on a peur, pour moi le sauvage c'est ce qu'il y a de plus merveilleux. C'est vrai qu'il peut y avoir des débordements d'un côté ou de l'autre, mais c'est dans le respect du sauvage qu'on arrivera à vivre en harmonie avec la nature.

Charles-Henri Pochon, garde-forestier et champignonneur
4 min, 4 sec
Réalisation : Sélima Chibout et Céline Pernet

Pour moi le sauvage est une forme d'authenticité, un retour aux choses simples, une authenticité de l'être, qui est importante en fait maintenant. J'ai l'impression qu'on s'est perdu à travers les méandres de l'image, du bien-être, du bien se montrer, de bien paraître. Et puis en fait on perd notre lien avec ce qu'on pourrait appeler «notre nature sauvage», mais qui est notre être authentique, qui est simple, qui est sans chichis comme on dit, qui est vrai.

Joëlle Chautems, druidesse
3 min, 28 sec
Réalisation : Sélima Chibout et Céline Pernet

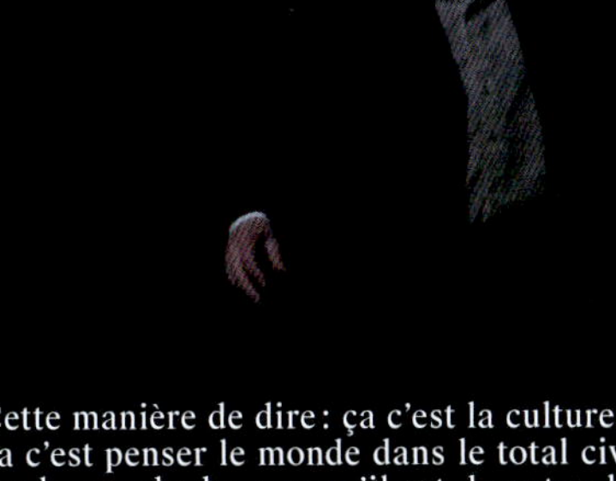

Cette manière de dire : ça c'est la culture, ça c'est la nature, ça c'est penser le monde dans le total civilisé, ça c'est penser le monde dans ce qu'il est de naturel, et on va chercher ce qu'il a de premier etc. Je pense qu'il faut faire le deuil de cette démarche. Aujourd'hui on ne devra pas faire uniquement le contrat social, mais le contrat social et écologique. Et ça ce sont les vivants qui nous le disent, alors on dit : «ça veut dire quoi ? il faut laisser une place, au sauvage, qui est le non-civilisé ?... » Non, on est dans une démarche qui va devenir interstitielle.

Pascal Moeschler, spécialiste des chauves-souris
3 min, 10 sec
Réalisation : Sélima Chibout et Céline Pernet

Pour moi, le sauvage, c'est un animal qui peut vivre pleinement sa nature animale dans son environnement. Qui peut se vivre en tant que proie, en tant que prédateur dans sa nature, j'ai même envie de dire dans sa nature divine de créature divine sur cette terre.
Un animal sauvage qui est dans son environnement, il est en état d'alerte en permanence et c'est ça qui est assez incroyable, mais vraiment… c'est une vie qui est rude, vraiment rude. On est plus dans le pays des Bisounours en fait. Et moi, à chaque fois, je peux le dire, ça me transforme en fait. Des fois, on pense trop à comment se comporter.

Malou Gallié, interprète animalière
3 min, 34 sec
Réalisation : Sélima Chibout et Céline Pernet

Depuis la fin des années 1960, le chamanisme connaît un fort engouement dans les sociétés occidentales. D'abord étudié par les universitaires, il est relu et adapté par des mouvements qui cherchent des alternatives au matérialisme et au christianisme. Dans ce contexte, le chamanisme apparaît comme un ensemble de techniques permettant de communiquer avec les forces de la nature sauvage. Les masques Yucuna présentés ici en montrent un autre visage. D'après l'ethnologue Pierre-Yves Jacopin, ils sont portés lors d'un rituel où les animaux de la forêt visitent les humains pour réaffirmer leurs liens de bon voisinage. Les porteurs de masques jouent leur rôle mais sans être possédés. Au contraire, une certaine dérision prévaut et grandit proportionnellement à l'éloignement géographique entre bêtes et village. Tous les êtres ne sont pas mis sur un pied d'égalité. Derrière le jeu des formes, le rite amène surtout à renforcer les liens entre le groupe qui l'organise et les groupes voisins qui y participent en endossant les costumes.

Masques pour le bal de chontaduro
Yucuna
Miritiparana, Colombie, avant 1972
Bois

Cimier « papillons » H.: 33 cm (MEN 72.2.178.a-c);
Cimier « papillons » H.: 33 cm (MEN 72.2.179.a-c);

Haut de masque-cagoule « jaguar », H.: 16,5 cm (MEN 72.2.191)
Masque-cagoule « chevreuil », L.: 16,5 cm (MEN 72.2.192) ;

Masque-cagoule « esprit mauvais », H.: 38 cm (MEN 72.2.190) ;
Masque-cagoule « fourmilier », L.: 80 cm (MEN 72.2.193) ;

Dans certaines traditions, la musique est utilisée pour induire la transe et communiquer avec des forces surhumaines. Les instruments Yucuna exposés ont un usage rituel, mais n'invitent pas à explorer des mondes parallèles. Au contraire, ils sont joués dans les moments de calme, entre les danses, comme une activité de délassement. Leur timbre discret se mêle aux bruits de la nature et à ceux des conversations, proposant une augmentation plutôt qu'un dépassement de la réalité.

Ocarina
Yucuna
Miritiparana, Colombie, avant 1972
Crâne de faon, pigment, résine
L.: 11 cm
MEN 72.2.26

Idiophone à friction
Yucuna
Miritiparana, Colombie, avant 1972
Carapace de tortue
L.: 24 cm
MEN 72.2.21

Flûte en os
Yucuna
Miritiparana, Colombie, avant 1972
Os
L.: 16,5 cm
MEN 72.2.19

Un troisième champ qui associe chamanisme, communication avec l'au-delà et fantasmes européens est la consommation de plantes psychotropes. L'équation peut néanmoins se révéler moins exotique que ne le laissent entendre certains films ou livres, notamment ceux consacrés à l'usage de l'ayahuasca au nord-ouest de l'Amazonie. Dans ses observations des années 1970, Pierre-Yves Jacopin remarque que les Yucuna nourrissent même une aversion pour l'hallucinogène consommé par certains des peuples voisins, lui préférant la chicha (boisson fermentée à base de fruits) et le mambe (feuilles de coca réduites en poudre).

Cuillère
Yucuna
Miritiparana, Colombie, avant 1972
Calebasse
L.: 9,9 cm
MEN 72.2.60

Chalumeau à tabac « vert »
Yucuna
Miritiparana, Colombie, avant 1972
Os, résine végétale
L.: 10 cm
MEN 72.2.288

Deux calebasses
Yucuna
Miritiparana, Colombie, avant 1972
Calebasse
L.: 9,3 cm et 10,7 cm
MEN 72.2.61 et MEN 72.2.63

Cuillère à coca
Yucuna
Miritiparana, Colombie, avant 1972
Os
L.: 17,5 cm
MEN 72.2.291

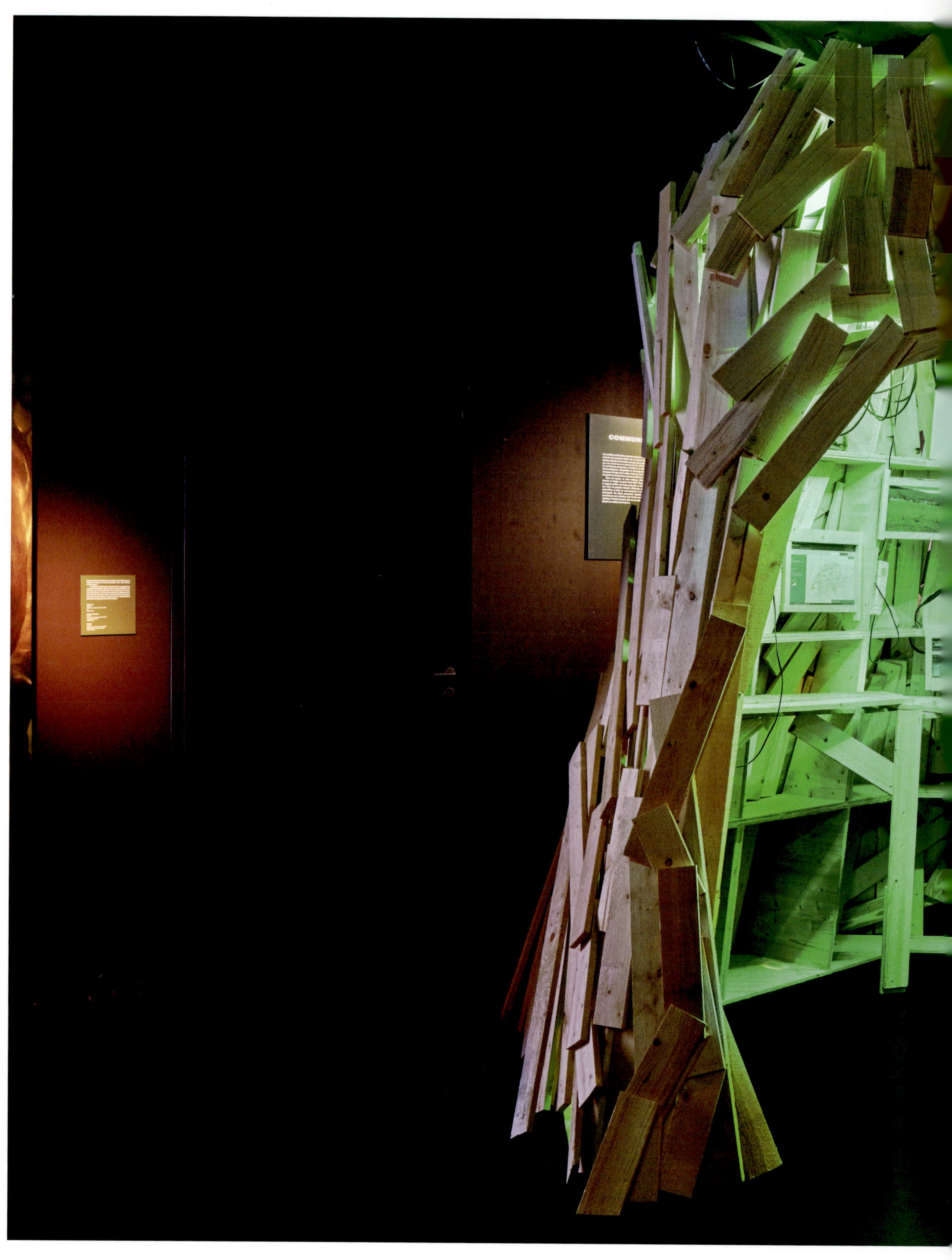

En Europe, les désirs de communion avec la nature sauvage sont généralement nourris de folklore, de religion ou de sagesses exotiques. Pourtant, à bien des égards, la science ouvre des voies similaires. Ainsi, la bioacoustique propose d'écouter le vivant à travers des outils sophistiqués et d'agir sur lui en vertu d'informations inaccessibles au commun des mortel·le·s.
Dans cette zone, objets, images et sons évoquent une recherche en cours à l'Université de Neuchâtel qui porte sur les chauves-souris du Val-de-Ruz. Avant que des appareils ne puissent enregistrer les ultrasons dans les années 1960, les humains ne savaient quasiment rien de ces animaux discrets. La technologie a permis de les connaître et de changer leur image. La figure terrifiante du vampire cède place à celle d'espèce menacée. L'état de leurs populations constitue un précieux bio-indicateur dans les politiques de gestion de la nature.
Détecteur/enregistreur d'ultrasons Pettersson D 500X
Uppsala, fin du XXe siècle
Collection Thierry Bohnenstengel
Détecteur/enregistreur d'ultrasons Pettersson D 240X
Uppsala, fin du XXe siècle
Collection Thierry Bohnenstengel
Détecteur/enregistreur à large bande Audiomoth
Southampton, début du XXIe siècle
Collection Thierry Bohnenstengel
Micro pour enregistreur Pettersson D 500X
Uppsala, fin du XXe siècle
Collection Thierry Bohnenstengel
Enregistrements de pipistrelle soprane
Val-de-Ruz, 2022
Mandy Burner
Pose d'appareils de détection pour chauves-souris
Engollon, 2021
Mandy Burner / Pierre Rizzo
Traitement de données sur le logiciel Batscope
Neuchâtel, 2022
Mandy Burner / Thierry Bohnenstengel
Trajectographe
Val-de-Ruz, 2021
Mandy Burner
Carte de répartition de la Sérotine commune
Neuchâtel, 2022
info fauna - CSCF

En Europe, les désirs de communion avec la nature sauvage sont généralement nourris de folklore, de religion ou de sagesses exotiques. Pourtant, à bien des égards, la science ouvre des voies similaires. Ainsi, la bioacoustique propose d'écouter le vivant à travers des outils sophistiqués et d'agir sur lui en vertu d'informations inaccessibles au commun des mortel·le·s. Dans cette zone, objets, images et sons évoquent une recherche en cours à l'Université de Neuchâtel qui porte sur les chauves-souris du Val-de-Ruz. Avant que des appareils ne puissent enregistrer les ultrasons dans les années 1960, les humains ne savaient quasiment rien de ces animaux discrets. La technologie a permis de les connaître et de changer leur image. La figure terrifiante du vampire est remplacée par celle d'espèce menacée. L'état de leurs populations constitue un précieux bio-indicateur dans les politiques de gestion de la nature.

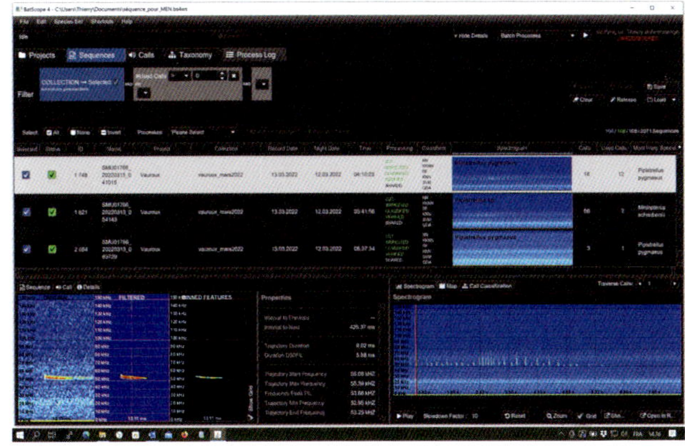

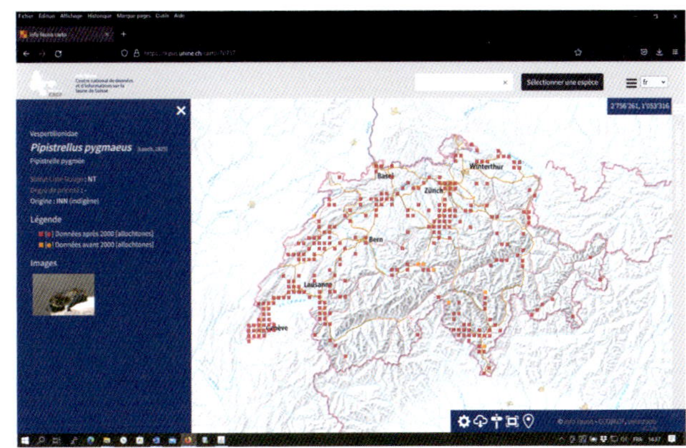

Micro pour enregistreur
Pettersson D 500X
Uppsala, fin du XXe siècle
L.: 11 cm
Collection Thierry Bohnenstengel

Détecteur/enregistreur d'ultrasons
Pettersson D 500X
Uppsala, fin du XXe siècle
H.: 12 cm
Collection Thierry Bohnenstengel

Détecteur/enregistreur d'ultrasons
Pettersson D 240X
Uppsala, fin du XXe siècle
L.: 15 cm
Collection Thierry Bohnenstengel

Détecteur/enregistreur à large bande Audiomoth
Southampton, début du XXIe siècle
L.: 5 cm
Collection Thierry Bohnenstengel

Pose d'appareils de détection pour chauves-souris
Engollon, 2021
Mandy Burnier / Pierre Rizzolo

Traitement de données sur le logiciel Batscope
Neuchâtel, 2022
Mandy Burnier / Thierry Bohnenstengel

Trajectographe
Val-de-Ruz, 2021
Mandy Burnier

Le trajectographe est une installation de 4 micros disposés en tétraèdre afin de capter et décrire la trajectoire des chiroptères.

Carte de répartition de la Sérotine commune
Neuchâtel, 2022
info fauna · CSCF

Extraits sonores:
Enregistrements de pipistrelle soprane
Val-de-Ruz, 2022
Mandy Burnier

Le monitoring des chauves-souris s'appuie sur un vaste réseau de science citoyenne. Partout en Suisse, des bénévoles se mobilisent pour effectuer des observations, des relevés, des enregistrements qu'ils communiquent à des organes régionaux. Ces derniers traitent d'immenses volumes de données et établissent des cartes utilisées par les autorités compétentes. Outre leurs activités de recherches, les volontaires accomplissent un important travail de médiation, animant des ateliers, des sorties ou des rencontres à caractère pédagogique. Les objets, les images et les sons illustrent les activités d'un membre très actif de l'antenne vaudoise du Centre de Coordination Ouest (CCO) pour l'étude et la protection des chauves-souris.

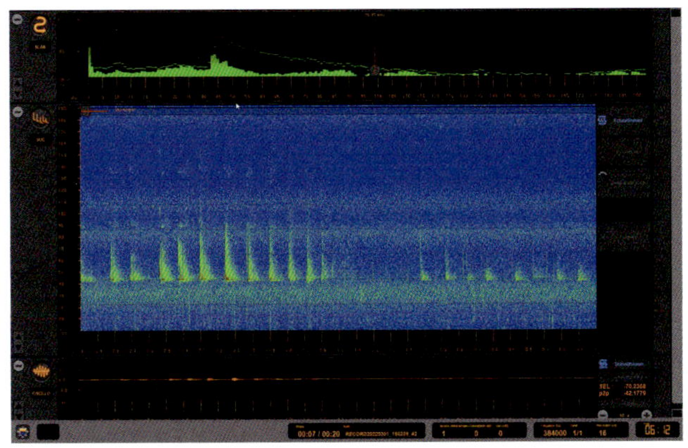

Micro à ultrasons Dodotronic UM 384BLE
Castel Gandolfo, début du XXIe siècle
L.: 11 cm
Collection Benoît Reber

Séance d'enregistrement sonore
Champagne, 2022
Benoît Reber / Isabelle Reber

Visualisation de données sur le logiciel Soundchaser
Champagne, 2022
Benoît Reber

Animation durant la Nuit des chauves-souris
Sauvabelin, 2019
Benoît Reber / Fabrice Ducrest (CCO-Vaud)

Animation durant la Nuit des chauves-souris
Sauvabelin, 2019
Fabrice Ducrest (CCO-Vaud)

Extraits sonores:
Enregistrements de chauves-souris
(Minioptère de Schreibers, Sérotine commune, Murin d'Alcathoe, Grand Rhinolophe, Pipistrelle commune, Noctule commune)
Champagne, 2019-22
Benoît Reber

Les activités de médiation autour des chauves-souris passent également par des collaborations artistiques. Un cas emblématique a eu lieu au Centre Dürrenmatt en 2021. La musicienne Olivia Pedroli y a été invitée à composer et à monter une pièce sur la relation que Dürrenmatt entretenait avec une chauve-souris, affectueusement nommée Mathilde. Pour se documenter, elle a fait appel à Pascal Moeschler, un biologiste membre-fondateur du CCO. Ce dernier a mis à disposition de l'artiste des enregistrements lui permettant d'imaginer l'inclusion d'éléments non humains dans son oeuvre.

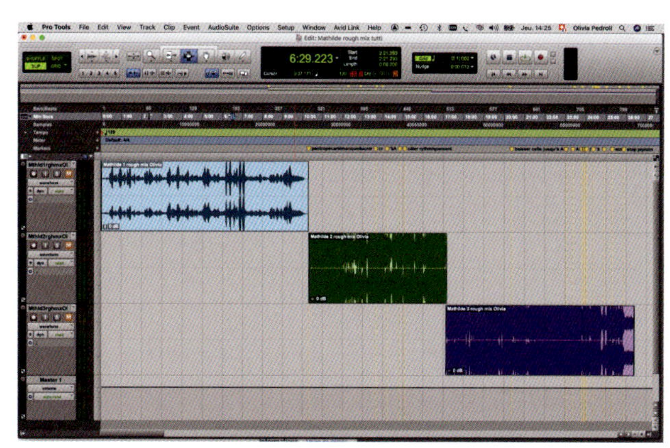

Partition manuscrite de l'œuvre Mathilde
Neuchâtel, 2021
Olivia Pedroli

Échange entre Pascal Moeschler et Olivia Pedroli
Neuchâtel, Centre Dürrenmatt, 2021
Centre Dürrenmatt

Production musicale sur le logiciel ProTools
Neuchâtel, 2021
Olivia Pedroli

Performance de l'œuvre Mathilde
Neuchâtel, Centre Dürrenmatt, 2021
Olivia Pedroli

Extraits sonores:

Enregistrements de pipistrelle commune et soprane
Haute-Vienne 1991 et Lozère 2009
Michel Barataud

Extraits de l'œuvre Mathilde
Neuchâtel, 2021
Olivia Pedroli

Après avoir participé à deux missions scientifiques en Angola (respectivement en 1928-1929 et 1932-1933), le conservateur du Musée d'histoire naturelle de La Chaux-de-Fonds Albert Monard poursuit ses recherches africaines au Cameroun. Entre 1946 et 1947, accompagné du jeune zoologiste Villy Aellen, il s'intéresse notamment aux chauves-souris. Les deux hommes identifient plusieurs espèces jusque-là inconnues. À cette époque, les techniques d'observation ne sont pas très douces. Elles impliquent entre autres de prélever des spécimens pour les collections de référence des musées. Cet exemple permet de mesurer le chemin parcouru depuis l'avènement de la bioacoustique. Outre ses expéditions internationales, Villy Aellen a beaucoup étudié les chiroptères en Suisse et dans sa région natale. Il observe notamment une colonie installée dans les combles du MEN en 1945. À ce jour, aucun individu ne semble avoir fini dans un bocal.

Hipposideros Cyclops
Cameroun, 1946-1947
Formol, chauve-souris, verre, aluminium
H.: 14,5 cm
Fonds Albert Monard
Collection du MuZOO, La Chaux-de-Fonds
MHNC 006843

RETROUVER

Le goût du sauvage se traduit également, chez certain·e·s, par l'envie de retrouver une part animale, constitutive de l'humain, qui serait étouffée sous le poids de la civilisation. Une telle résurgence est mise en scène à travers les figures d'hybrides homme-animal ou homme-arbre qui interviennent dans de nombreux rituels saisonniers européens. Si ces manifestations et leur sens évoluent au fil du temps, les protagonistes aiment y voir des rituels primitifs où surgissent des forces vitales qu'il est nécessaire de contrôler.

À la lisière d'une clairière, un groupe de ces figures inquiétantes entoure un arbre inversé, arme et emblème des hommes sauvages dans les blasons médiévaux. Sur des écrans alentour, des voix contemporaines expriment, tout en nuances, différentes manières de renouer avec un passé où les frontières entre l'humain et la nature sauvage seraient plus poreuses, où la part animale de chacun·e serait davantage acceptée et où le corps retrouverait son plein usage.

RETROUVER

Nous, hommes du Nord, qui avions quitté nos forêts natives, et y avions laissé, avec les ossements de nos pères, la poésie de nos pères, qui avions oublié nos chants ossianiques et nos vieilles épopées, faites sur des traditions empruntées elles-mêmes à l'Orient, mais transformées par nos aïeux, dans le long pèlerinage qui les amena des plateaux de l'Asie aux glaces du nord, pour les disperser ensuite, comme une semence féconde, sur l'Allemagne, l'Angleterre, l'Espagne et la France.
Nous avions oublié tout cela, nous avions délaissé notre héritage, répudié la dot que la nature nous avait donnée, et nous étions venus, pour ainsi dire comme de petits enfants qui ne savent pas encore parler, nous faire héritiers et disciples des Romains et des Grecs.

Pierre Leroux. Avril 1832. « De l'influence philosophique des études orientales », *Revue encyclopédique*, Paris, t. LIV, p. 75

Pour moi, le sauvage c'est vraiment quelque chose où on va petit à petit abandonner toutes les normes de notre société actuelle et on va décider de ne plus suivre aucune règle ni avoir aucune limite. C'est-à-dire abandonner les vêtements, abandonner tout ce qui est outil, abandonner le feu etc. Donc je ne peux pas dire, quand on fait ça, on est sauvages parce qu'on revient à quelque chose de différent, on abandonne une grande partie de notre société moderne mais, pour autant, on garde un état de notre civilisation, on garde des normes, on garde des règles. Par contre, il y a quelque chose que je pourrais dire, c'est qu'on essaie de revenir à un état un petit peu antérieur, quelque chose qu'on pourrait dire d'un peu plus primaire finalement, un truc plus… il y a beaucoup de connotations sur ce mot : un truc plus «primitif» finalement.

Joël Demotz, amateur de reconstitutions celtiques
3 min, 5 sec
Réalisation : Sélima Chibout et Céline Pernet

La première fois qu'on fait cette sortie des sauvages, effectivement on se dit mais qu'est-ce qu'on fait ? À quoi on participe ? Et c'est là qu'on se rend compte que, finalement, on perpétue une tradition qui date de plusieurs siècles, qui a été interrompue et on participe à la reprise de cette tradition. Avec l'envie de se dire qu'on va certainement permettre que ce soit une chose qui dans cent ans va encore exister. Malheureusement, on ne sera plus là pour le voir. Mais peut-être que d'un endroit on pourra y assister et qu'on se dira qu'on a fait partie de ça.

Philippe Perriard, sauvage du Noirmont
4 min, 13 sec
Réalisation : Sélima Chibout et Céline Pernet

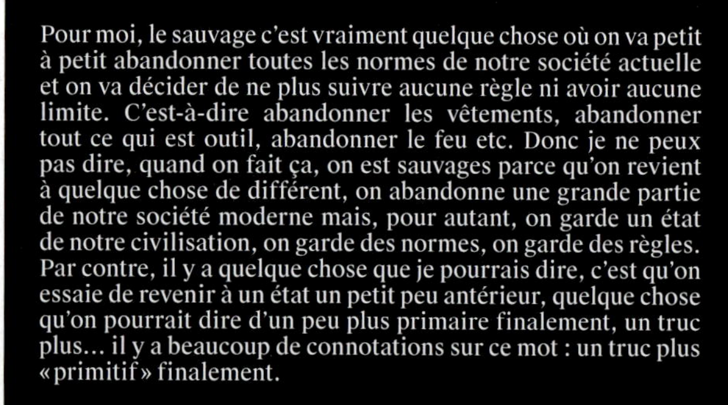

Pour moi, c'est une espèce de connexion entre l'intuition et l'instinct, là-dedans, entre deux, il y a toutes mes pensées, toute mon éducation, etc. etc. Alors tout d'un coup, intuitivement, je sens qu'il y a un truc à faire, l'instinct c'est tout d'un coup: «et s'il y a un truc à faire, il faut le faire, point barre! On y va!» Et puis l'entre deux: j'utilise l'intelligence pour que ça passe. Mais voilà, c'est la façon dont je me définis être quelques fois sauvage.

Marc Sneiders, Nouveaux Guerriers et président de MKP suisse
4 min, 2 sec
Réalisation: Sélima Chibout et Céline Pernet

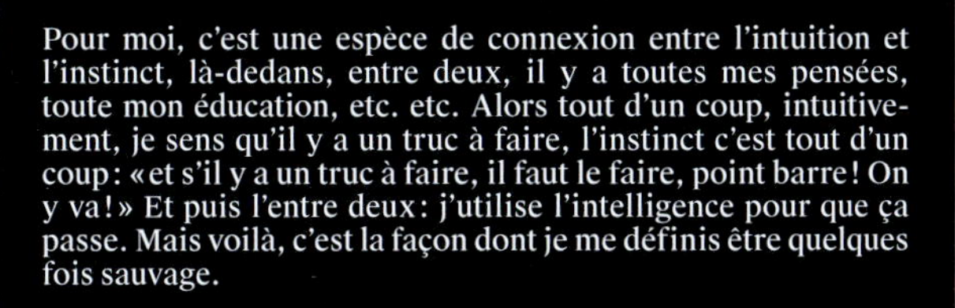

Pour moi, le sauvage c'est retrouver une forme de liberté. Cette liberté qui a été perdue dans un long et lent, et douloureux processus de domestication de l'être humain. Et par le mouvement naturel, qu'est-ce qu'on recherche justement? On va chercher à réutiliser notre corps, il y avait une expression que j'aime bien c'est: des humains de zoo. On est devenus des humains de zoo.

Jérôme Pinard, coach en mouvement naturel
3 min, 38 sec
Réalisation: Sélima Chibout et Céline Pernet

Légendes de la page précédente, de gauche à droite

De la Chandeleur au mercredi des Cendres, les Tschäggättä sortent dans les villages de la vallée du Lötschental dans le Haut-Valais. Ces figures masquées portant des peaux de bête fascinent les élites urbaines et les ethnologues depuis la deuxième moitié du XIXe siècle. Elles furent l'objet de nombreuses théories qui mettent en avant leur origine «archaïque», construisant un type d'homme sauvage idéal sans tenir compte de l'évolution du rite et de son inscription dans l'histoire religieuse. De nombreuses personnes regrettent aujourd'hui l'euphémisation de la pratique liée au tourisme, comme si une violence rêvée s'était perdue avec le temps.

Costume de Tschäggättä
Blatten, années 2000
Bois, peaux, cuir, métal
H.: 140 cm
Collection Bruno Ritler

Entre le Nouvel An et le Carême, les kukeris paradent dans les fêtes de villages bulgares. Rite de passage, rite de fécondité, rite destiné à chasser les mauvais esprits, les interprétations sont multiples mais les acteurs sociaux et les journalistes l'identifient volontiers comme la survivance d'un culte dionysiaque. Le masque et le costume ont été commandés à l'artisan Ognyan Angelovi en 2014 par un collectionneur bulgare qui vit au Lötschental. Désireux de faire connaître une tradition de son pays qui est à ses yeux proches de celle du Haut-Valais, il a porté le costume lors du cortège à Wiler, suscitant l'étonnement du public.

Costume de Kukeri
Bulgarie, 2014
Bois, peaux, cuir, métal
H.: 215 cm
Collection Michael Mikhalkov

Les Mamuthones sardes sortent le jour de la Saint Antoine, le 17 janvier. Encadrée par les Issohadores qui portent des lassos et contiennent leur force animale, cette meute d'hommes-bêtes portant des masques noirs et des cloches sur le torse et le dos défile à pas cadencés dans les rues, force brute domestiquée et contrôlée. Très chorégraphié, ce rite est performé uniquement par des hommes. Les interprétations divergent sur l'origine de cette pratique : certains le font remonter aux temps nuragiques ou encore aux rites de fertilité antiques, liés au culte de Dionysios ; d'autres considèrent qu'il s'agirait d'une représentation de la victoire des bergers de Barbagia sur les envahisseurs sarrasins faits prisonniers. Associée à une fête chrétienne, la sortie des Mamuthones est aujourd'hui un marqueur identitaire fort pour les gens de la région et un objet de fascination pour les nombreux·ses spectateur·rice·s.

Costume de Mamuthones
Mamoiada, Province de Nuoro, Sardaigne, XXe siècle
Bois, peaux, tissus, métal, cuir
H.: 177 cm
Collection Nicolas Dessolis

De la fête des Rois au début du Carême, les peluches sont une des figures qui animent le Carnaval d'Evolène. Portant traditionnellement des masques à tête de chat, de loup ou de renard, et vêtus de peaux non tannées de chamois, de marmottes, de bouc ou de renard, les jeunes hommes parcourent les rues du village en agitant des cloches de vaches pour effrayer les passant·e·s. La violence fait partie intégrante de leur comportement et les porteurs de masques considèrent que les peluches incarnent « la force sauvage de la nature » destinée à faire fuir les mauvais esprits. Sur le site Internet de l'association, ils font volontiers remonter la coutume à des traditions celtes de l'âge de bronze.

Costume de peluche
Evolène, années 2000-2010
Bois, peaux, métal
H.: 110 cm
Coll. Association Carnaval d'Evolène et
Groupe Folklorique de l'Arc-en-Ciel

Disparue avec le temps, la figure du Sauvage a été réintroduite dans le Carnaval du Noirmont en 1991, suite aux recherches effectuées par le peintre bâlois Jurg Gabele. Le soir de la pleine lune qui précède les jours gras, des hommes vêtus d'un costume fait de branches de sapins et le visage grimé en noir descendent de la forêt vers le village, portant des cloches, des lanternes et des fouets. Les filles doivent reconnaître les garçons sauvages qui les poursuivent. Rattrapées, elles ont le visage noirci par ceux-ci avant d'être jetées dans une fontaine. Cette pratique est un exemple de la réinvention permanente et dynamique de la tradition.

Costume de Sauvage
Le Noirmont, 2022
Bois, tissu, métal
H.: 219 cm
Collection Olivier Boillat

«Voici comment ils sont : la peau cuivrée
tirant sur le rouge, de beaux visages, des nez beaux
et bien faits. Ils sont nus sans rien pour se couvrir ; ils ne se soucient
nullement de cacher ou de montrer leurs parties honteuses ; ils ont
sur ce point la même innocence que pour ce qui est de montrer leur visage.
[…] Car il est certain que ces gens sont d'une bonté et d'une simplicité
entière et tout sceau dont on voudra les marquer s'imprimera bien vite
en eux.»
Pêro Vaz de Caminha. 1500. Extraits de la Lettre de Pêro Vaz de Caminha
au roi Dom Manuel.

RÊVER

Popularisée par Rousseau, la figure du bon sauvage reste une représentation active pour penser l'autre et questionner le mode de vie occidental. Dans cet « état de nature » fictif, inspiré de récits d'explorateurs, les autres sociétés apparaissent comme préservées des maux induits par l'accumulation de richesses, vivant dans une forme d'Eden d'avant la chute. Cet imaginaire puissant a nourri certains courants de l'ethnologie, des auteurs n'hésitant pas à définir les sociétés de « chasseurs-cueilleurs » comme des « sociétés d'abondance ». À l'heure actuelle, ce sont plutôt les tenant·e·s de l'écologie politique qui redécouvrent ces peuples comme des pionniers ou comme des exemples.

Au centre du dispositif, un arbre-totem présente une citation de Rousseau et des objets qui en font un programme de recherche. Ramenés par différents voyageurs, ils recoupent les visions du philosophe sur les peuples « sauvages » et leur frugalité heureuse. L'ombre est faite de textes qui déploient cet imaginaire au cours du temps.

Autour, des films évoquent certaines pratiques où ressurgit cette même fascination pour les « peuples premiers » et leur manière de gérer l'environnement. En arrière-plan, des flèches issues des collections du MEN rappellent combien les outils des « chasseurs-cueilleurs » ont obsédé ethnologues et donateur·rice·s, s'accumulant dans les dépôts et rendant complexe leur identification. Un costume de plumes d'Amazonie invite enfin à questionner la modération des autochtones et à envisager leur glissement vers le registre du mauvais sauvage.

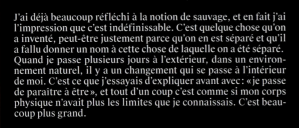

J'ai déjà beaucoup réfléchi à la notion de sauvage, et en fait j'ai l'impression que c'est indéfinissable. C'est quelque chose qu'on a inventé, peut-être justement parce qu'on en est séparé et qu'il a fallu donner un nom à cette chose de laquelle on a été séparé. Quand je passe plusieurs jours à l'extérieur, dans un environnement naturel, il y a un changement qui se passe à l'intérieur de moi. C'est ce que j'essayais d'expliquer avant avec: «je passe de paraître à être», et tout d'un coup c'est comme si mon corps physique n'avait plus les limites que je connaissais. C'est beaucoup plus grand.

Nina Fischer, accompagnatrice en vie sauvage
3 min, 33 sec
Réalisation: Sélima Chibout et Céline Pernet

Je suis tombé très vite dans la marmite, j'ai toujours été fasciné par «ces sauvages» que les Blancs, malheureusement, ont massacrés. La phrase de ce capitaine de l'armée américaine à cette époque-là c'était: «un bon Indien, c'est un Indien mort». Pour moi, c'est des paroles de sauvage…
Donc où est le sauvage? Ça dépend tout comment on se place. Qu'est-ce que ça veut dire en fait? Si c'est de rester en affût pour voir les animaux passer, me perdre dans la nature et dans la forêt, rechercher mon lien avec les pierres, avec le ressenti des rivières, comme ça… si «sauvage» ça veut dire ça, alors je suis un sauvage.

Christian Genton, indianophile
3 min, 49 sec
Réalisation: Sélima Chibout et Céline Pernet

Je pense totalement que d'être chasseresse, ou chasseur, c'est une activité qui fait ressortir une partie sauvage de nous. Il faut être assez en phase avec son côté animal, son côté prédateur, de vouloir suffisamment manger, d'aller rechercher au fond de soi cet instinct de prédateur qui a faim. Ça demande une certaine connexion à la partie sauvage de notre humanité.

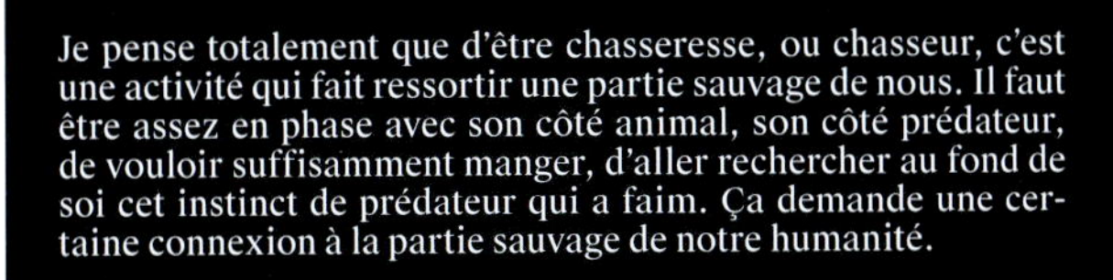

Antonia Jaquet, chasseresse
2 min, 47 sec
Réalisation : Sélima Chibout et Céline Pernet

Pour moi le sauvage, je pense que c'est la liberté. C'est la liberté profonde du soi. Libre de contraintes autres que celles d'être attentif et conscient de ce qui nous entoure.
Moi je me définis comme un apprenti chasseur-cueilleur. En toute humilité, j'aimerais dire, parce que le chemin est très long et je ne suis clairement pas né dans une tradition de chasseurs-cueilleurs. Reproduire des objets par moi-même avec des matériaux que m'offre la nature, à l'image de nos ancêtres, ou à l'image des derniers chasseurs-cueilleurs qui vivent encore à quelques endroits de la planète… Pour moi utiliser ces matières, reproduire des objets que j'utilise concrètement, au quotidien, me permet de me relier non seulement à l'intelligence profonde de la vie concrète et matérielle de ces gens avec leur milieu mais également avec mon propre positionnement.

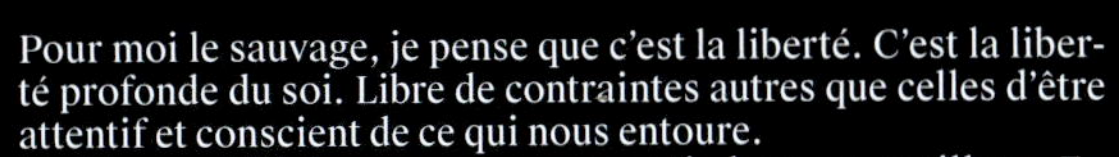

Giovanni Foletti, apprenti chasseur-cueilleur
4 min, 19 sec
Réalisation : Sélima Chibout et Céline Pernet

La sauvage, la vie sauvage, c'est tout ce qu'on nous vante dans les prospectus, dans la pub aussi, pour acheter des camping-cars, des choses comme ça, la vie sauvage, les treks. Le sauvage, ça a un certain attrait dans notre société. C'est un des drames des Kogis, c'est qu'aujourd'hui ils ont été récupérés par les agences de voyage qui offrent la découverte de « l'authentique sauvage ».
C'est vrai que maintenant, quand je me promène dans une forêt, je vois les arbres d'une manière différente. C'est plus un objet, où je vais aller chercher du bois ou des champignons ou autre chose, mais c'est un sujet, ça fait partie du vivant, et en fait les Kogis nous apprennent à renouer avec le vivant. C'est une relation qu'ils n'ont jamais perdue, et je pense que c'est ce qui se transmet de plus fort.

Jean-Jacques Liengme, Président de l'association Tchendukua Ici et Ailleurs – Suisse
3 min, 29 sec
Réalisation : Sélima Chibout et Céline Pernet

RÊVER
«Ce sont des hommes qui
passent, depuis toujours, à
travers les terres à herbes,
sans presque laisser de
trace. [...] La terre ne garde
pas d'empreinte durable de
leur passage: ces nomades
dédaignent de modifier le
visage du monde.»
Henry Brandt. 1956.
Nomades du soleil.
Lausanne: La Guilo
du Livre. P. 20
«Je pars avec
deux ans de
plus, rajeuni de
vingt ans, plus
barbare aussi
qu'à l'arrivée et
pourtant plus
instruit. Oui, les
sauvages ont
enseigné bien
des choses au
vieux civili-
sé, bien des
choses, ces
ignorants, de la
science de vivre
et de l'art d'être
heureux.»
Paul Gauguin.
2002 [1987].
Noa Noa.

Tant que les hommes se contentèrent de leurs cabanes rustiques, tant qu'ils se bornèrent à coudre leurs habits de peaux avec des épines ou des arrêtes, à se parer de plumes et de coquillages, à se peindre le corps de diverses couleurs, à perfectionner ou embellir leurs arcs et leurs fleches,à tailler avec des pierres tranchantes quelques Canots de pêcheurs ou quelques grossiers instrumens de Musique ; En un mot tant qu'ils ne s'appliquèrent qu'à des ouvrages qu'un seul pouvoit faire, et qu'à des arts qui n'avoient pas besoin du concours de plusieurs mains, ils vécurent libres, sains, bons, et heureux autant qu'ils pouvoient l'être par leur Nature, et continuèrent à joüir entre eux des douceurs d'un commerce indépendant ; mais dès l'instant qu'un homme eut besoin du secours d'un autre ; dès qu'on s'apperçut qu'il étoit utile à un seul d'avoir des provisions pour deux, l'égalité disparut, la propriété s'introduisit, le travail dévint nécessaire, et les vastes forêts se changèrent en des Campagnes riantes qu'il falut arroser de la sueur des hommes, et dans lesquelles on vit bientôt l'esclavage et la misère germer et croître avec les moissons.

Jean-Jacques Rousseau. 1985 [1755]. *Discours sur l'origine et les fondements de l'inégalité parmi les hommes*. Paris : Gallimard, p. 101

eau cuivrée
isages, des nez beau
rien pour se couvrir
ontrer leurs parties h
ce que pour ce qui e
visage
gens sont d'une bont
voudra les marquer s
Extraits de la Lettre d
minha

JEUNE
PUBLIC

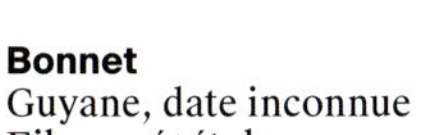

Racloir
Chubut, Patagonie, Argentine. fin du XIXe siècle
Pierre
L.: 4,5 cm
MEN IV.C.65

Harpon
États-Unis d'Amérique, fin du XVIIIe siècle
Corne, pierre, matières animales
L.: 21,5 cm
MEN VI.146

Allume-feu
Australie, fin du XIXe siècle
Bois
L.: 31 et 26 cm
MEN V.1172.a-b

Bonnet
Guyane, date inconnue
Fibres végétales
L.: 42,5 cm
MEN 94.30.60

Maquette de bateau
Terre de Feu, Amérique du Sud, fin du XVIIIe siècle
Écorce, bois
L.: 67 cm
MEN 95.1.18.a-c

Pointe d'aiguille
États-Unis d'Amérique, date inconnue
Os
L.: 4,9 cm
MEN 12.3.65

Collier
Iles Marquises, avant 1920
Coquillage
L.: 202 cm
MEN V.121

Peigne
Océanie, fin du XIXe siècle
Bois, fibres végétales
L.: 12 cm
MEN V.931

Ces objets ont été décrits comme appartenant à des « sauvages » lors de leur inventaire dans les collections neuchâteloises.

Pointe de flèche
Alaska, fin du XVIIIe siècle
Corne
L.: 18 cm
MEN VI.138

Pagne
Gabon, fin du XIXe siècle
Fibres végétales
L.: 52 cm
MEN III.C.2233

Flûte à encoche
Brésil, 1re partie du XIXe siècle
Roseau
L.: 40,5 cm
MEN 16.13.5

Hameçon
Vancouver Island, Canada, fin du XVIIIe siècle
Bois, fibres végétales
L.: 16,7 cm
MEN 95.1.7

Hameçon pour appâts
Océanie, fin du XVIIIe siècle
Bois, os, fibres végétales
L.: 10 cm
MEN 95.1.8

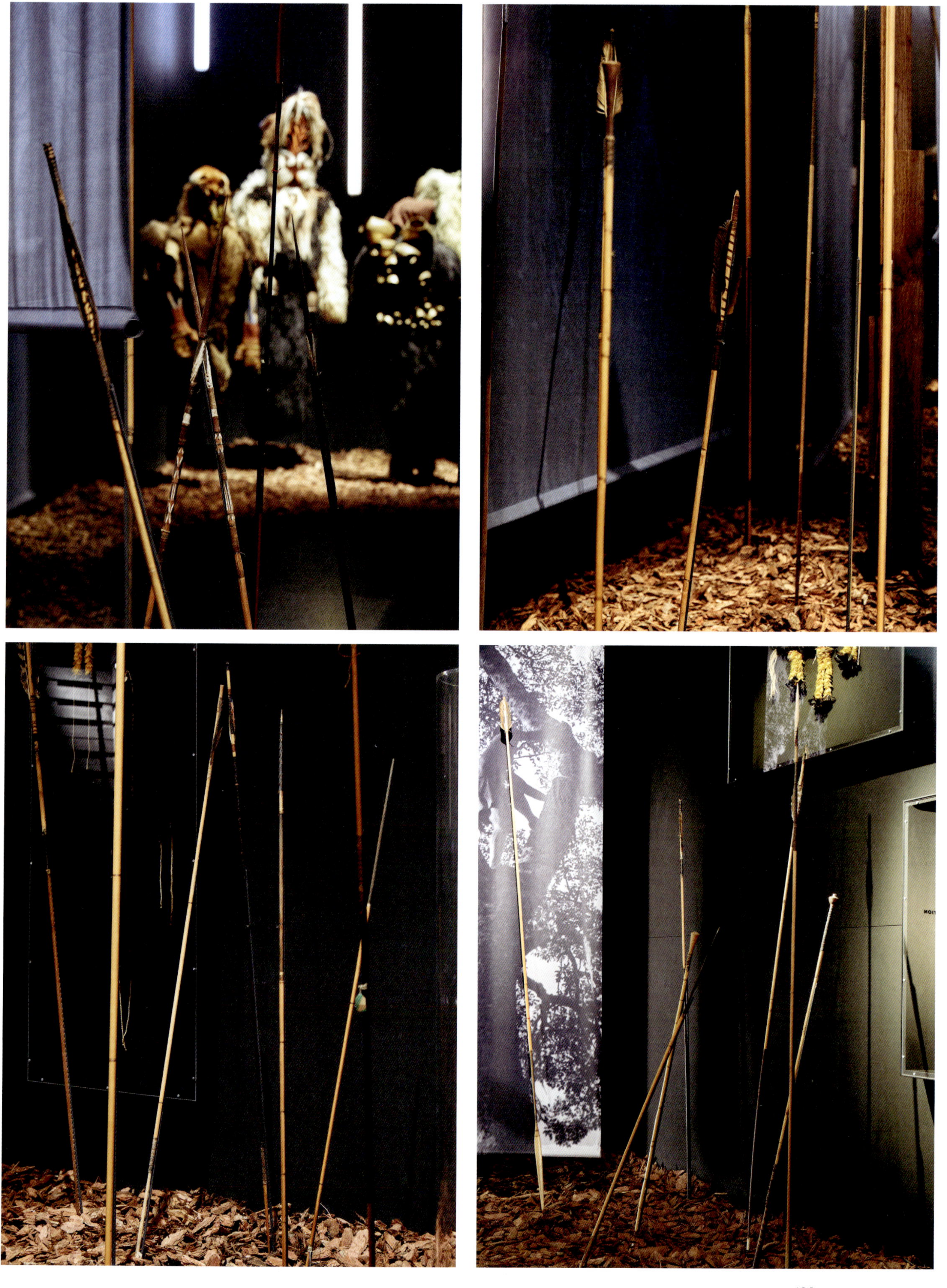

Compositions de flèches et de lances
Amériques et Océanie, entre 1850 et 2022
Roseau, bois, plume, os, métal et autres matières végétales
L.: 100 - 238 cm

MEN IV.C.111; MEN IV.C.303; MEN IV.C.310; MEN IV.C.87; MEN IV.C.90; MEN IV.C.91; MEN 07.16.529.e; MEN 07.16.529.f; MEN 07.16.792 ; MEN 07.16.804; MEN 07.16.805; MEN 07.16.812; MEN 12.82.49 ; MEN 12.82.62; MEN 12.82.63; MEN 12.82.66; MEN 12.82.9 ; MEN 13.14.1 ; MEN 13.14.10; MEN 13.14.12; MEN 13.14.25; MEN 13.14.44 ; MEN 72.2.164 ; MEN IV.C.441; MEN IV.C.603; MEN 06.16.18; MEN 06.16.21 ; MEN 06.19.11 ; MEN 07.16.522.f; MEN 07.16.522.h; MEN 07.16.522.i; MEN 07.16.790 ; MEN 07.16.816; MEN 13.14.11; MEN 13.14.14 ; MEN 13.14.15 ; MEN 13.14.2 ; MEN 13.14.29; MEN 13.14.31; MEN 13.14.32 ; MEN 13.14.35 ; MEN 13.14.36 ; MEN 13.14.37; MEN 13.14.48; MEN 13.14.6 ; MEN 13.14.9 ; MEN 72.2.158 ; MEN IV.C.609; MEN IV.C.652; MEN IV.C.653 ; MEN IV.C.92 ; MEN 06.16.28; MEN 06.19.12; MEN 06.19.3 ; MEN 07.16.525 ; MEN 07.16.526 ; MEN 07.16.530; MEN 07.16.533; MEN 07.16.784 ; MEN 07.16.798 ; MEN 07.16.799; MEN 07.16.809 ; MEN 07.16.810 ; MEN 07.16.817 ; MEN 12.82.65; MEN 13.14.45

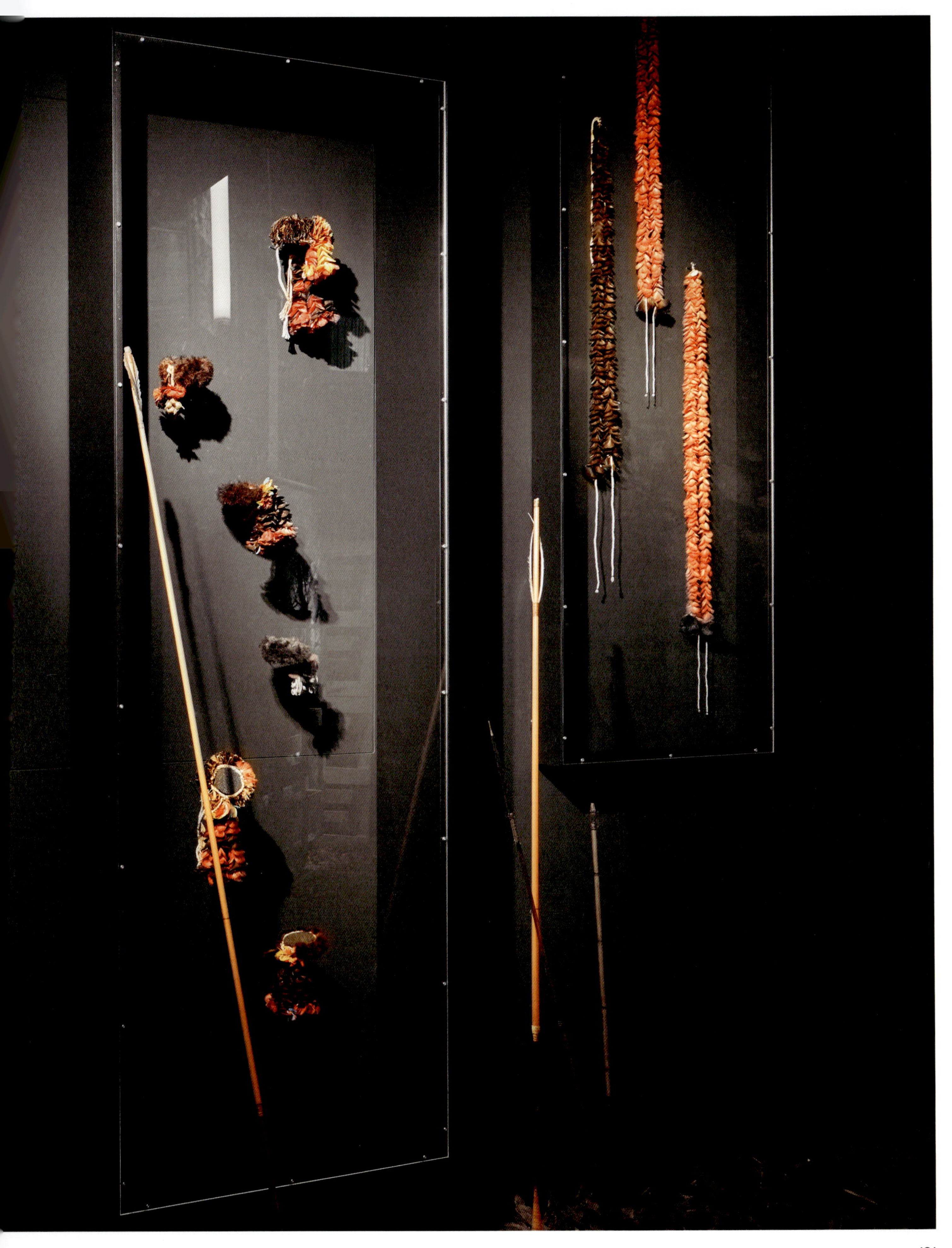

L'Indien porteur de coiffes de plumes est une représentation fortement ancrée dans l'imaginaire occidental depuis la conquête des Amériques. Avec cet accessoire, il joue tantôt le rôle du « bon sauvage », en harmonie avec la nature (même si le nombre de plumes ne reflète pas toujours la modération en termes de chasse) ou tantôt celui du « mauvais sauvage », toujours proche des forces animales, indomptées et potentiellement dangereuses. Depuis le début du XIXe siècle, les parures Mundurucu sont très appréciées pour leur beauté par les collectionneur·se·s et les musées. En même temps, ce peuple était redouté à cause de ses coutumes guerrières, notamment la chasse aux têtes. Historiquement, parures et têtes réduites, faisaient partie de la tenue rituelle des guerriers.

Parure cérémonielle
Mundurucu
Santarem, Brésil, avant 1854
Plume, coton, coquillage

Coiffe, L.: 46 cm (MEN IV.C.156);

Parure cérémonielle
Mundurucu
Santarem, Brésil, avant 1854

sceptre de danse, L.: 65 cm (MEN IV.C.157);
ceinture, L.: 108 cm (MEN IV.C.158);
paire de jambières, L.: 43 cm (MEN IV.C.159.a-b);
paire de bracelets, L.: 45 cm (MEN IV.C.160.a-b);
paire de brassards, L.: 53 cm (MEN IV.C.161.a-b);
cordelettes garnies de plumes, L.: 150 cm (MEN IV.C.162 à 170)

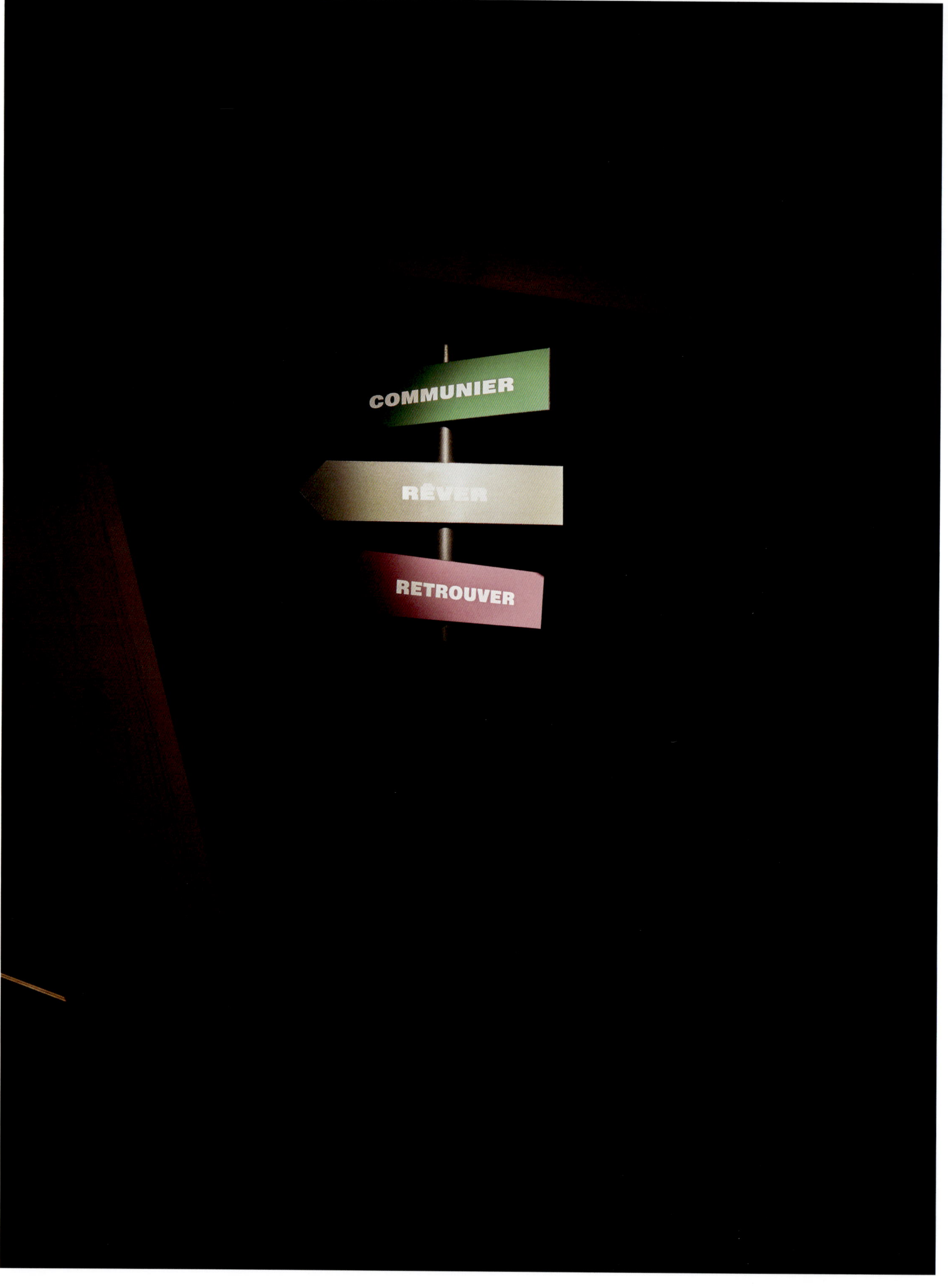
COMMUNIER
RÊVER
RETROUVER

PARADOXES SAUVAGES

La forêt cède la place à un enchevêtrement de branches qui préfigure une déambulation plus contraignante et une réflexion plus touffue. D'entrée, le public est appelé à faire un choix entre trois chemins qui jouent avec des modalités bien connues des adeptes d'activités forestières : un parcours vita, un parcours didactique et un parcours aventure.

Chaque sentier prolonge une des visions esquissées dans les clairières et développe certaines conséquences inattendues : l'idéalisation des « chasseurs-cueilleurs » génère une industrie qui englobe tourisme, loisirs et produits d'inspiration « autochtone », provoquant de vifs débats sur l'appropriation culturelle ; en se démocratisant, l'envie de communier avec la nature sauvage entraine des logiques d'aménagement, de balisage et d'interdiction. Enfin, poussé à l'extrême, le « réensauvagement » de soi nourrit une vision conflictuelle des rapports sociaux. La notion prend ici un caractère politique et violent qui amène à stigmatiser ceux·elles qui ne partageraient pas la bonne forme de sauvagerie.

WILDE PARADOXIEN

Der Wald weicht einem Wirrwarr von Ästen, die einem weniger unbeschwerten Spaziergang und einer erschöpfenderen Auseinandersetzung vorausgehen. Die BesucherInnen stehen vor der Wahl zwischen drei Wegen, die mit Modalitäten spielen, die regelmässigen WaldgängerInnen gut bekannt sind: ein Vita-Parcours, ein pädagogischer Pfad und ein Abenteuerweg.

Jeder Weg führt eine der auf den Lichtungen skizzierten Visionen weiter und breitet teilweise ungeahnte Folgen aus: Die Idealisierung der Jäger- und SammlerInnen führt zu einer Industrie mit Tourismus, Freizeitaktivitäten und „einheimisch" inspirierten Produkten, die lebhafte Debatten über die kulturelle Aneignung auslösen. Die Suche nach dem Eins-Sein mit der Natur und ihre Demokratisierung zieht eine Logik von Anlagen, Absperrungen und Verboten nach sich. Die eigene „Wieder-Verwilderung" wird bis ins Extreme getrieben und nährt so eine konfliktbehaftete Vision der sozialen Beziehungen. Der Begriff erhält hier eine politische und fast schon gewaltsame Prägung, die all jene stigmatisiert, die nicht die richtige Form des Wildseins pflegen.

WILD PARADOXES

The forest slowly turns into a tangle of branches foreshadowing more constricted wandering and denser thinking. From the start, the public is invited to choose between three pathways playing upon three terms most familiar to those devoted to forestry: a fitness trail, a didactic trail and an adventure trail.

Each trail prolongates one of the visions sketched out in the glade and develops certain unexpected consequences: the idealization of the hunter-gatherers generates an industry encompassing tourism, hobbies and "natively", encouraging animated debates on cultural appropriation; in its democratization, the desire to commune with nature in the wild leads to logical patterns of management, of flagging and of banning. And, finally, when pushed to the extreme, one's self rewilding fuels a conflictual social relationship. At this point the notion takes on a political and violent character that ends up stigmatizing those who would not share the right form of savageness.

NATIVE ALTERNATIVE
KAYAPO
EXPLORE THE WORLD DIFFERENTLY WITH US
BOOK SUSTAINABLE AND AUTHENTIC ADVENTURES
We offer a better way to travel off the beaten path and explore
fascinating indigenous cultures in a sustainable way. We make your
travel extraordinary by creating meaningful connections, reconnec-
ting yourself with nature, and learning from indigenous ways of life.
Most of our journeys occur in locations included in UNESCO's World Heritage List or conservation areas.
ADVENTUROUS
AUTHENTIC
UNIQUE

EXPLOITER

Comme tout fantasme, celui du « bon sauvage » nourrit une industrie prospère. Une nouvelle tendance du « tourisme tribal » en vogue depuis les années 1990 se dessine actuellement : les séjours d'immersions qui proposent de vivre le territoire à la manière des indigènes, en chassant avec les mêmes outils, en pêchant, en récoltant des plantes et en partageant leurs savoirs de la nature. Plus proche de nous, les adeptes du survivalisme, du bushcraft et de l'archéologie expérimentale mobilisent volontiers les connaissances de populations qu'il·elle·s présentent parfois comme « vivant à l'âge de pierre ». Il·elle·s acclimatent ainsi le « bon sauvage » sous nos latitudes.

À l'entrée, une guérite tenue par un certain Jean-Jacques vend des séjours aux effluves de technologie culturelle. L'expérience est rapidement contaminée par une logique de marchandisation mise en scène dans quatre distributeurs pour autant de types de produits destinés à satisfaire des client·e·s en mal de rapports traditionnels avec la nature.

TIVE ALT
JOYEUX ANNIVERSAIRE
KOH-LANTA

Statuette en bois
France, 2022
Bois
H.: 32 cm
MEN 22.24.3

Statuette en bois
France, 2022
Bois
H.: 32,5 cm
MEN 22.24.2

Buste de Jean-Jacques Rousseau
Neuchâtel, attribué à J.-A. Houdon (atelier), vers 1778
Plâtre patiné
H.: 63,5 cm
MsR N.a. 29
Bibliothèque publique et universitaire, Neuchâtel

EXPLORE THE WORLD DIFFERENTLY WITH US

BOOK SUSTAINABLE AND AUTHENTIC ADVENTURES

We offer a better way to travel off the beaten path and explore fascinating indigenous cultures in a sustainable way. We make your travel extraordinary by creating meaningful connections, reconnecting yourself with nature, and learning from indigenous ways of life.

Most of our journeys occur in locations included in UNESCO's World Heritage List or conservation areas.

ADVENTUROUS

Our experiences are not for everybody. We connect adventurous and open-minded travelers with the indigenous people and their rich livelihoods in the most beautiful wilderness and conservation areas in the world. You get closer to nature than ever before.

AUTHENTIC

The indigenous people open the door to their homes and culture. You can observe and participate in ancient traditions and rituals that an average traveler can't see. With us, you are a guest, not a tourist.

UNIQUE

Our experiences are one of a kind. You explore remote areas, sleep in a hut or in a tent, eat local food, and live everyday life with your indigenous hosts. We make your travel deeper and with a purpose. You'll have something to remember for the rest of your life.

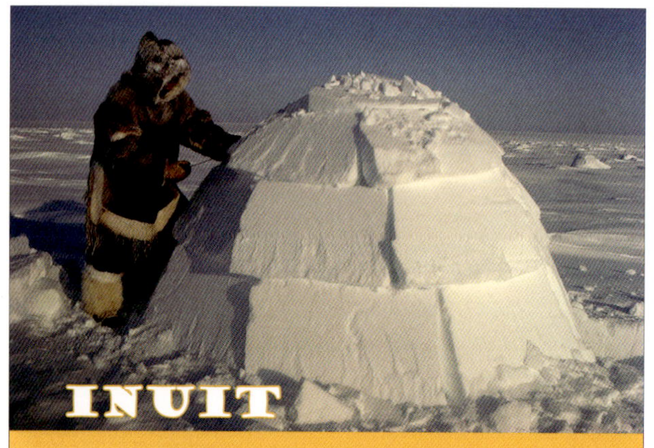

SUR LES SENTIERS INUIT

Plongez-vous dans une culture imprégnée d'anciennes histoires et traditions qui guident un peuple depuis un millier d'années et lui permettent de prospérer dans l'un des climats les plus impitoyables de la Terre. Profitez d'une rare occasion et laissez-vous inviter par les membres de la communauté Inuit de Puvirnituq à vous joindre à eux pour une journée (ou deux) d'activités saisonnières afin de créer vos propres souvenirs mémorables et inoubliables.

POINTS SAILLANTS

Ce forfait de 4 jours est le moyen idéal de vivre une véritable expérience inconnue des touristes durant laquelle vous découvrirez l'histoire naturelle et culturelle du peuple Inuit qui, aux confins du monde moderne, s'est bâti une patrie bien à lui.

Vous pourrez découvrir les sons des chanteurs de gorge traditionnels aux mélodies rythmiques et envoûtantes, observez les maîtres-sculpteurs immortaliser les esprits mythiques dans des blocs de pierre, apprendre à pêcher sur la glace et admirer les aurores boréales si les conditions le permettent. Durant votre visite guidée du village, vous rencontrerez plusieurs personnalités locales.

Les longues et fraiches journées d'hiver vous donneront l'occasion de faire des randonnées en traîneau à chiens et en motoneige pour rejoindre la toundra et construire votre propre igloo pour y dormir.

Bien que les expériences se suivent et ne se ressemblent pas, l'accueil chaleureux et l'hospitalité de vos hôtes vous inciteront à revenir dans cette incroyable région.

FORFAIT: 4069,00 $
DURÉE: 4 jours
EMPLACEMENT: Puvirnituq, Nunavik, Québec, Canada

MÄPURU MEN'S TRIPS

This men's workshop is held over 10 days and involves the Yolngu elders sharing their skills, expertise, and knowledge of their traditional lifestyle.

HIGHLIGHTS

In particular visitors attending this workshop will be guided in making a traditional fish spear, hunting spear and spear thrower.

The focal point of the men's trip is a journey out "on country". During this time there are opportunities to hunt and fish, experience an ancient and majestic landscape, and deepen your cultural understanding while sharing a camp fire with the Yolngu men.

This trip offers a rare opportunity to deepen cultural understanding through taking part in the daily activities involved in living on country. The exact structure of each day is organic in nature, decided through a process of group consensus, as is the way in Yolŋu culture. However activities may include hunting on the buffalo plains, fishing in the estuaries, collecting bush honey from the forest, stripping bark from trees, learning how to paint using traditional methods, making spears and didgeridoos and sharing time around the campfire.

During this time the elders share their skills, expertise, and knowledge of their traditional lifestyle in their ancient and majestic landscape.

Our group will fly into Darwin and meet at a local YHA hostel. We will load everyone's gear and all of our food for the 2 week journey onto our hired 4WD vehicle. We will then meet up with a group of white women who we will drive with to the community. This women's group are also going to Mäpuru to learn about traditional basket weaving and bush food. They will stay in the main camp in a separate women's shelter.

COST: $3,315 (includes 10% GST charge on per person trip expenses).
DATES: September 14-23rd, 2022 (FULL)
LOCATION: Remote part of Arnhem Land. The closest airport is Gove (GOV) from Cairns

CULTURE AND UNTOUCHED WILD-LIFE OF THE KAYAPO WARRIORS.

The Kayapos are one of the most important Indigenous ethnic groups in Amazon. Their cosmology, ritual life and social organization are extremely rich and complex, while their relations with non-indigenous society and environmentalists from the world over are marked by their intensity and ambivalence.

TOUR HIGHLIGHTS

- Visit the highly restricted indigenous territories of Brazil that host some of the most pristine flora and fauna of the Amazon.
- Hike through trails in the Amazon with Kayapo Warriors and learn about their hunting techniques while searching for unique wildlife of the region.
- See the Kayapo women and children create their iconic body painting designs and have the opportunity to be painted yourself as a Kayapo.
- Enjoy morning and afternoon boat safaris in the look out for tapirs, giant river otters, deer, jaguars, pumas and the colors of the Amazonian birds.
- Enjoy the comforts of a tented camp with a private chef and host while exploring some of the most uncharted areas of the Brazilian Amazon.
- Count on assistance of SouthQuest's naturalist guides who have vast experience with the local wildlife

COST: $4650
DATES: Aug 18-28, 2022
LOCATION: Meeting point is Manaus, closest internation airport is Manaus

HADZA BUSHMEN GUIDED TRIP

Learn ancient skills from our ancestors the Hadzabe! This is an opportunity like no other...Live in the bush among the Hadza tribe in the Yaida Valley of East Africa. The Hadza are some of the last true hunter gatherers of our time.

COURSE DETAILS

As a small group we will be living alongside a family of Hadzabe whom we have a close relationship with. Together as a tribe we will craft and then hunt with traditional bows, make fire, and forage for wild honey, roots, and fruits. You will have a unique opportunity to engage with them personally. This full immersion program is life changing for most as it is a glimpse into our history as human beings.

The learning atmosphere is very relaxed. The pace is based on "Africa time" with no emphasis on rushing anything.

We will be very isolated, far from advanced medical assistance. We do carry emergency beacons and comprehensive first aid supplies as we are very remote.

A reasonable level of fitness is imperative and required for this trip. We expect each participant to be able to hike 10hrs a day if required

Please note: After booking we require a phone conversation to assess the health and fitness of each individual. We reserve the right to refund the deposit and refuse participation of an individual that does not meet the basic health and fitness standards.

COST: $3500 ($1000 deposit). 7 person max.
5 person minimum to run course
DATES: October 14-23rd, 2022 (FULL)
LOCATION: Lake Eyasi, Tanzania. The closest international airport is Kilimanjaro (JRO) and closest town is Arusha.

Bien que mise en page pour les besoins de l'exposition, cette série d'affiches reprend mot pour mot des offres touristiques glanées sur Internet. Outre le vieux fantasme de rencontrer les derniers groupes humains préservés de la modernité, s'y donne à lire une composante environnementale très contemporaine : l'envie d'appréhender la nature à travers un prisme autochtone, de chasser, cueillir et pêcher à la manière des bons sauvages, avant qu'il ne soit trop tard et quitte à enfermer les Autres dans les clichés du primitivisme.

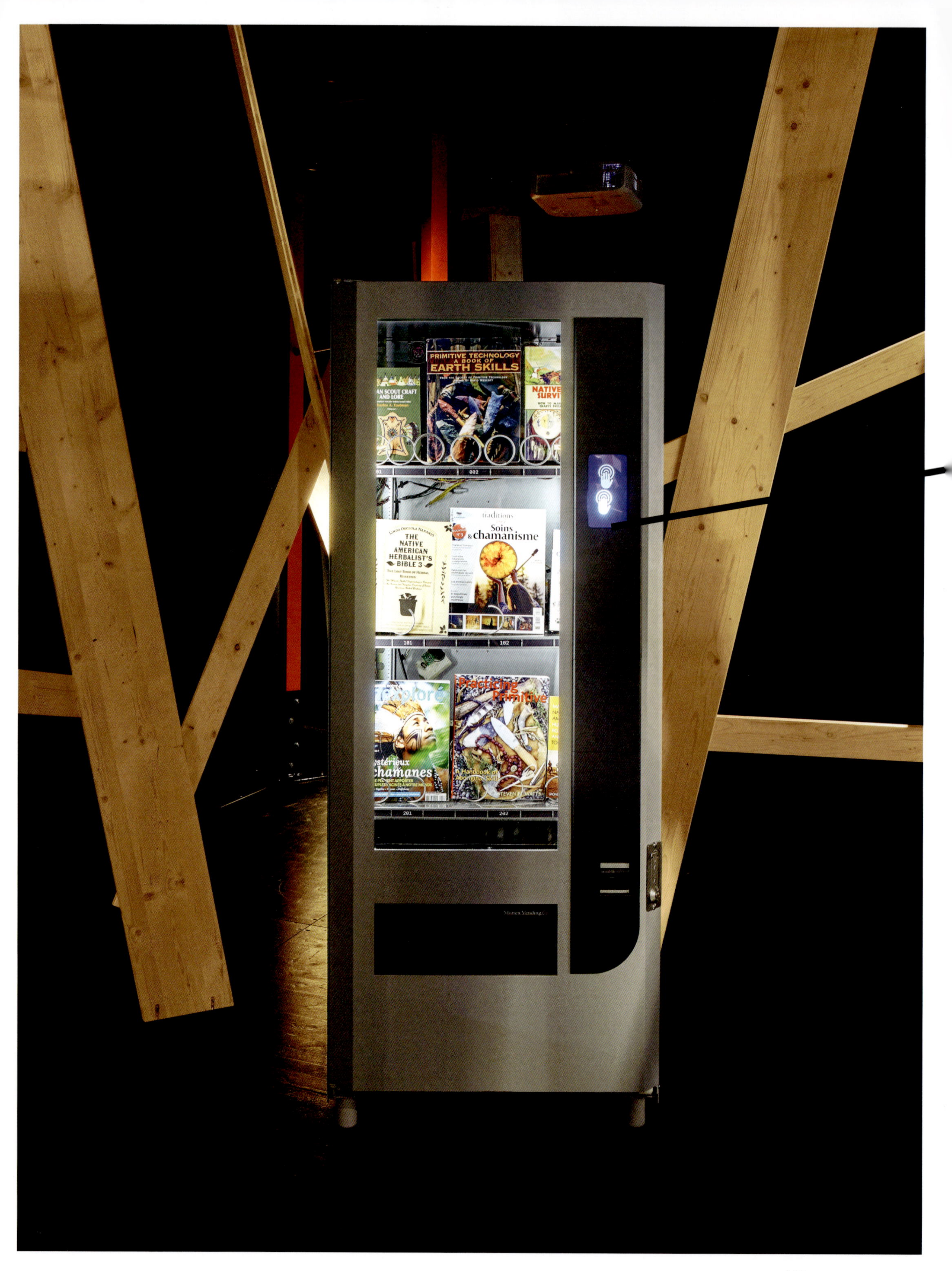
PRIMITIVE TECHNOLOGY
A BOOK OF
EARTH SKILLS
traditions
Soins
& chamanisme
THE NATIVE AMERICAN HERBALIST'S BIBLE 3
Practicing Primitive

001

RONNIE

Lecture appréciable

Royaume-Uni le 1er novembre 2017

Un petit livre intéressant, écrit dans un style facile, à l'origine destiné aux garçons autour de 10-15 ans. Mais en tant qu'adulte, ne connaissant pas trop la vie à la campagne, j'ai appris beaucoup de bases. Savoir-faire de pistage, techniques de pêche ancestrales amérindiennes et respect du comportement animal. Dans l'ensemble, agréable et relaxant.

Ouvrages exposés

Burch, Monte. 2004. *Making Native American Hunting, Fighting, and Survival Tools*. Guilford, Connecticut: The Lyons Press.

Eastman, Charles Alexander. 1974. *Indian Scout Craft and Lore*. New York: Dover Publications.

Hunt, W. Ben. 2010. *Native American Survival Skills*. New York, NY: Skyhorse.

Inexploré. 2021. « Mystérieux Chamanes », n° 51, août-septembre 2021.

Les grandes traditions santé. 2022. « Soins & chamanisme », n° 3, mars 2022.

Montgomery, David. 2008. *Native American Crafts and Skills: A Fully Illustrated Guide to Wilderness Living and Survival*. Second edition. Guilford, Connecticut: The Lyons Press.

Naranjo, Linda Osceola. 2021. *The Native American Herbalist's Bible 3: the lost book of herbal remedies*. Independently published.

Watts, Steven M. 2005. *Practicing Primitive: A Handbook Of Aboriginal Skills*. Salt Lake City: Gibbs M. Smith Inc.

Wescott, David. 1999. *Primitive Technology: A Book of Earth Skills*. 10th edition. Salt Lake City, Utah: Black Sparrow Press, U.S.

101

CARTE DE SURVIE À POINTES DÉTACHABLES

Allemagne, 2022
Métal
MEN 22.32.1.a-c

En forêt, une carte de crédit n'est d'aucun secours. Le *prepper* avisé saura lui préférer une carte de survie premium, en acier inoxydable. Ses pointes détachables permettent de construire une flèche en quelques minutes et de partir en chasse. La géniale simplicité des peuples racines en mode *smart* et ultraportable !

301

KIT D'ALLUMAGE DE FEU

France, 2022
Bois, cuir, coquillage, pierre, carton
MEN 22.29.1.a-p

Pour survivre au-delà de quelques jours, on ne peut pas compter sur un briquet en plastique. Il faut savoir allumer un feu à l'ancienne. Ce kit a été conçu pour aider chacun·e à retrouver les gestes d'un Néandertal ou d'un Cro-Magnon. Efficacité prouvée dans de nombreuses sociétés qui vivent toujours à l'âge de pierre.

WALLABY
002
003
CLASSIC
102
103
104
201
202
203

Kit d'allumage de feu
France, 2022
Bois, cuir, coquillage,
pierre, carton
H.: 41 cm
MEN 22.29.1.a-p

Carte de survie à pointes détachables
Allemagne, 2022
Métal
L.: 8,5 cm
MEN 22.32.1.a-c

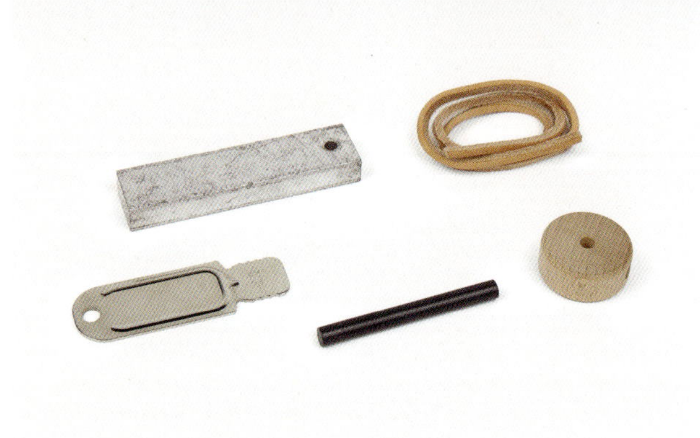

Kit d'allumage de feu
Allemagne, 2022
Métal, bois, cuir, papier
H.: 8,7 cm
MEN 22.29.3.a-g

Tasse Kuksa
Finlande, 2022
Matériau composite en fibres naturelles et propylène
D.: 7,5 cm
MEN 22.31.1.a-b

Kit d'allumage de feu
Allemagne, 2022
Métal, bois, cuir, papier
L.: 8 cm
MEN 22.29.2.a-f

Couteau Puukko pliable
Finlande, 2022
Métal et matériau composite en fibres naturelles et propylène
L.: 21,7 cm
MEN 22.34.1.a-b

Couteau Ulu
Alaska, 2022
Métal et bois d'élan
L.: 14,5 cm
MEN 22.37.1.a-c

Jouets maori
Nouvelle-Zélande, 2022
Polymère
Toki : L.: 18 cm, MEN 22.35.1.a-f
Timo : L.: 19 cm, MEN 22.35.2.a-f

Kit de taille d'obsidiennes
États-Unis d'Amérique, 2022
Obsidienne, cuir, cuivre,
métal et papier
L.: 11-18 cm
MEN 22.40.1.a-l

Boomerang
France, 2022
Bois, pigment
D.: 21,5 cm
MEN 22.45.1.a-b

Couteau suisse
Suisse, 2022
Métal, polymère
L.: 5,8 cm
MEN 22.49.1.a-b

Couteaux Puukko
Finlande, XIXe siècle
Bois et métal
L.: 22,5 - 24,5 cm
Collection Peter Frey

AMERICAN SPIRIT
odens
002
003
004
007
008
009
010
indigiearth
Kakadu Plum
012
013
014
Café Indígena
BLACK MACA
NATURALLY GROWN IN PERU
015
016
017
YERBA MATE
KURUPI
Katuava
HUICHOL
Ancient Purity
INCA GOLDEN BERRIES
PUSH
STRENGTH

017

CAPSULES DE COMPLÉMENT ALIMENTAIRE «BLACK MACA»

Bulgarie, 2022
Carton, aluminium, fibres synthétiques
MEN 22.4.1.a-n

- Superaliment tiré d'une racine péruvienne
- Soulage l'anémie, les douleurs articulaires et la dépression
- Augmente les performances physiques et mentales, l'endurance musculaires, la fertilité et l'énergie pendant les rapports sexuels

019

BOÎTE DE THÉ MATÉ

Suisse, 2022
Carton, fibres végétales et synthétiques
MEN 22.15.1.a-b

- Un grand classique: l'infusion traditionnelle des Indiens Guaranis (Paraguay) appréciée aujourd'hui dans toute l'Amérique du Sud et au-delà
- Favorise la bonne humeur et chasse la fatigue
- Kurupi est une herboristerie réputée au Paraguay

Boîte de thé maté
Suisse, 2022
Carton, fibres végétales et synthétiques
H.: 17 cm
MEN 22.15.1.a-b

Capsules de complément alimentaire « Black Maca »
Bulgarie, 2022
Carton, aluminium, fibres synthétiques
H.: 16,5 cm
MEN 22.4.1.a-n

Guarana
FitGum

Nueva Imagen
JABÓN HERBAL DE TOCADOR CON
TEPEZCOHUITE
DEL INDIO PAPAGO
125g
HERBAL SOAP BAR WITH
TEPEZCOHUITE
Mimosa tenuiflora
Neutral Dermocleaner
DEL INDIO PAPAGO

SALVIA BLANCA
SAUGE BLANCHE
WHITE SAGE

BIO • ORGANIC
CACHET
FOREST FRUITS
DARK CHOCOLATE

60%
SCHOKO-SCHAMANE
SWEET MAGIC

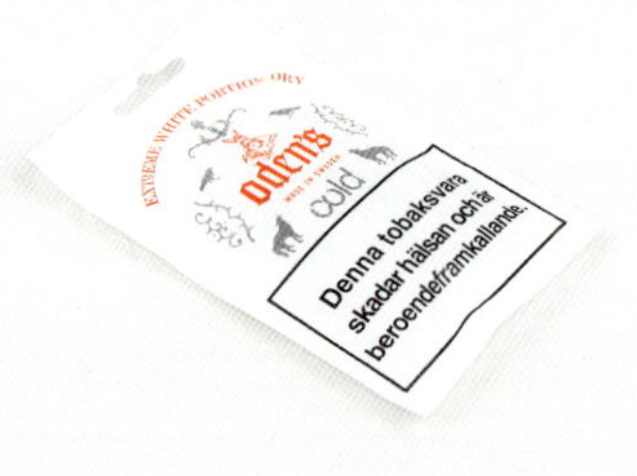
odens
cold
Denna tobaksvara skadar hälsan och är beroendeframkallande.

NATURAL
AMERICAN
SPIRIT

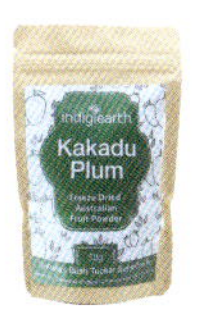

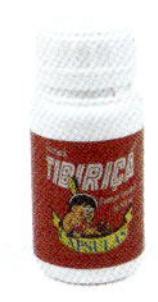

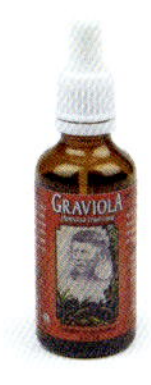

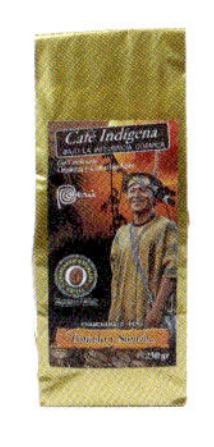

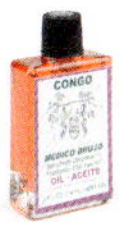

Bouteille de shampoing
Allemagne, 2022
Polymères synthétiques, matières végétales
H.: 22,2 cm
MEN 22.38.2.a-b

Paquet de baies
Grande-Bretagne, 2022
Papier, matière végétale
L.: 26,3 cm
MEN 22.51.1

Poudre quandong
Fac-similé
H.: 21 cm

Poudre de kakadu
Fac-similé
H.: 21 cm

Pot de guarana
Fac-similé
H.: 13,5 cm

Fiole de graviola
Fac-similé
H.: 12 cm

Flacon d'huile pour cheveux
Allemagne, 2022
Verre, carton, polymères synthétiques, matières végétales
H.: 14,5 cm
MEN 22.38.1.a-c

Café Indigena
Fac-similé
H.: 20 cm

Flacon de chanca piedra
États-Unis d'Amérique, 2022
Verre, polymères synthétiques
H.: 10,5 cm
MEN 22.52.1

Poudre de maqui
New South Wales, Australie, 2022
Polymères, matières végétales
L.: 20 cm
MEN 22.27.1

Flacon d'huile
Allemagne, 2022
Verre, matières végétales et synthétiques
H.: 6 cm
MEN 22.38.4.a-b

Page de gauche

Bâtons de Palo Santo
Lausanne, Suisse, 2021
Bois de Palo Santo
L.: 16 cm
MEN 21.3.1

Pain de savon
Allemagne, 2022
Carton, matières végétales et animales
L.: 11 cm
MEN 22.38.3.a-b

Emballage de chocolat
Neuchâtel, Suisse, 2022
Carton
L.: 11 cm
MEN 22.48.1

Tabac Oden's
Suisse, 2022
Tabac, polymères
L.: 13,5 cm

Paquets de chewing gum
Suisse, 2022
Carton, aluminium, gomme, laque
L.: 12,5 cm
MEN 22.23.1.a-c

Fagot de sauge blanche
Neuchâtel, Suisse, 2022
Carton, matières végétales
L.: 10,5 cm
MEN 22.39.1

Emballage de chocolat
Lyon, France, 2022
Carton
L.: 19 cm
MEN 22.46.1

Tabac American Spirit
Suisse, 2022
Tabac, polymères
L.: 14,5 cm

RÉSISTER

Bien que le tourisme et le commerce profitent parfois aux populations, ces dernières n'apprécient pas toujours que leurs savoirs ou leurs objets soient manipulés par d'autres. Des marques de vandalisme témoignent de cette résistance qui est aussi le fait de militant·e·s occidentaux·ales. Entre fantasme et réalité, essentialisme et bricolage, repli et ouverture, le « bon sauvage » devient un enjeu politique.

Dans un décor de plus en plus oppressant, cinq objets exemplifient les vifs débats contemporains sur la question de l'appropriation culturelle. La fin du parcours entraine le public dans les méandres d'une fiction administrative où les échanges interculturels seraient entièrement codifiés par le biais de chartes, de décrets, de lois et de règlements.

ASK ME FIRST!
PUSH
CULTURE
Don't Steal, Share
STOP
STOP STOP!!!

Dans ce parcours, quatre distributeurs évoquent de manière absurde l'appropriation des savoirs autochtones en lien avec la nature. Le dernier présente des traces de vandalisme, afin de rappeler que cette logique ne va pas de soi et fait aujourd'hui l'objet de critiques grandissantes. Le choix des graffitis, des autocollants et des tracts collés sur la machine brosse une image contrastée de ce mouvement où coexistent indignation et calcul, radicalisme et bien-pensance.

Au début des années 1970, un organisme gouvernemental brésilien, la Fondation Nationale de l'Indien (FUNAI), développe le projet Artindia dans le but de commercialiser l'artisanat des populations amazoniennes et leur assurer un revenu. Incarnation de « l'indianité », ces objets furent très appréciés des touristes, mais furent aussi critiqués comme une forme d'appropriation culturelle. Vingt ans plus tard, ce commerce est abandonné en raison de nouvelles lois qui prohibent la fabrication et la commercialisation d'objets réalisés à partir d'animaux menacés d'extinction.

Diadème de plumes
Brésil, avant 1974
Coton, fibres végétales, plume
L.: 43 cm
MEN 14.60.33

Peignes
Brésil, avant 1974
Plume, os, coton, palmier
L.: 25 cm MEN 14.60.56
L.: 22 cm MEN 14.60.57
L.: 20 cm MEN 14.60.58
L.: 21,2 cm MEN 14.60.59

Poupées
Brésil, avant 1974
Calebasse, plume, fibres végétales
L.: 11,5 cm MEN 14.60.37
L.: 9,5 cm MEN 14.60.38

Couple de poupées
L.: 14,5 cm
MEN 14.60.39.a-b

Colliers
Brésil, avant 1974
Fibres végétales, plume
L.: 48 cm MEN 14.60.75
L.: 43,5 cm MEN 14.60.52
L.: 38 cm MEN 14.60.54
L.: 42 cm MEN 14.60.55

Maracas
Brésil, avant 1974
Bois, calebasse, plume, résine,
pigment, graines, fibres végétales
L.: 26 cm MEN 14.60.42
L.: 25 cm MEN 14.60.43

Sacoches
Brésil, avant 1974
Fibres végétales, plume
D.: 20 cm MEN 14.60.61
D.: 17 cm MEN 14.60.62
D.: 18 cm MEN 14.60.63

Artículo 97. Los pueblos y comu-
nidades indígenas podrán ejercer
directamente o por intermedio
de las organizaciones indígenas
las acciones civiles, penal
administrativas necesaria
fin de obtener las reparaci
a que haya lugar por el apr
vechamiento ilícito de sus
nocimientos, tecnologías,
novaciones y prácticas en
violación de sus derechos
propiedad colectiva.
El Estado, a través de los
órganos competentes y a
solicitud de los pueblos
y comunidades indíge-
nas, apoyará jurídica y té-
cnicamente a estos pue-
blos y comunidades en el
ejercicio de dichas ac-
ciones, en el ámbito na-
internacional.
nous dénonçons publiquement que, durant l'année 2017, le groupe musical « Marco Antonio Flores et la
da Jerez » a plagié et violé les droits d'auteur en utilisant la musique de ce compositeur, dénigrant et
minant la musique et de la culture P'urhépecha et profitant économiquement de cette action. Le Gou
nement de Michoacán a ensuite annoncé aux médias, par le biais du Secrétariat des Peuples Indigè
dirigé par Monsieur Martin Garcia Avilés, le dépôt d'une plainte pénale contre la « Banda Jerez ».
is cette annonce n'était qu'un discours démagogique puisque le gouvernement n'a jamais initié
ons légales mais s'est limité à des déclarations médiatiques. Enfin, nous informons que « Marco
io Flores et la Banda Jerez » a aussi essayé de tromper l'opinion publique en déclarant être parv
un accord avec la famille du compositeur Gervasio Lopez, concernant l'utilisation et le détourne
de sa musique. Tout ceci est faux : aucun accord, verbal ou écrit, n'a été souscrit. Pour toutes ce
sons :
1. Nous déclarons persona non grata le groupe « Marco Antonio Flores et la Banda Jerez », et n
manifestons qu'il n'est pas bienvenu dans les communautés P'urhépecha pour avoir volé, pla
dénigré notre culture ancestrale. Nous les exhortons à authentiquement et publiquement ré
le préjudice et les violations des droits d'auteur commis. Dans le cas contraire, ils ne nous l
seront pas d'autre choix que la judiciarisation du cas ainsi que leur expulsion de nos comm
nautés.
2. Nous exhortons les représentants commerciaux sans scrupules, métisses et P'urhépe
chas, qui ont gagné de l'argent de manière inadéquate et qui ont diffusé les pirekuecha
(pirekuas) sur les plateformes Youtube, Spotify, Apple Music, Amazon Music et Sound C
sans l'autorisation des compositeurs, qu'avec effet immédiat, ils libèrent les pirekuech
cessent de voler et de commercialiser la musique traditionnelle p'urhépecha. Dans le
contraire, nous les signalerons publiquement et nous entamerons des actions en jus
contre eux.
3. Nous nous adressons avec considération et respect aux pirericha qui rencontrer
un quelconque problème de plagiat de leur composition à s'approcher de nous po
ter ensemble pour le respect de leurs droits d'auteur en particulier et pour le respo
de la culture p'urhépecha en général. Pour cela, nous sommes en train de créer u
triple alliance internationale de défense des droits collectifs et d'auteur.
Artículo 96. Corresponde-
rá al Estado conjuntamente
con los pueblos y
comunidades indígenas, establecer los mecanismos
para la protección y defensa de los conocimientos, tecnologías, innovaciones y prácticas, de acuerdo a sus usos y
costumbres. A tales fines, garantizará la creación y fortale-

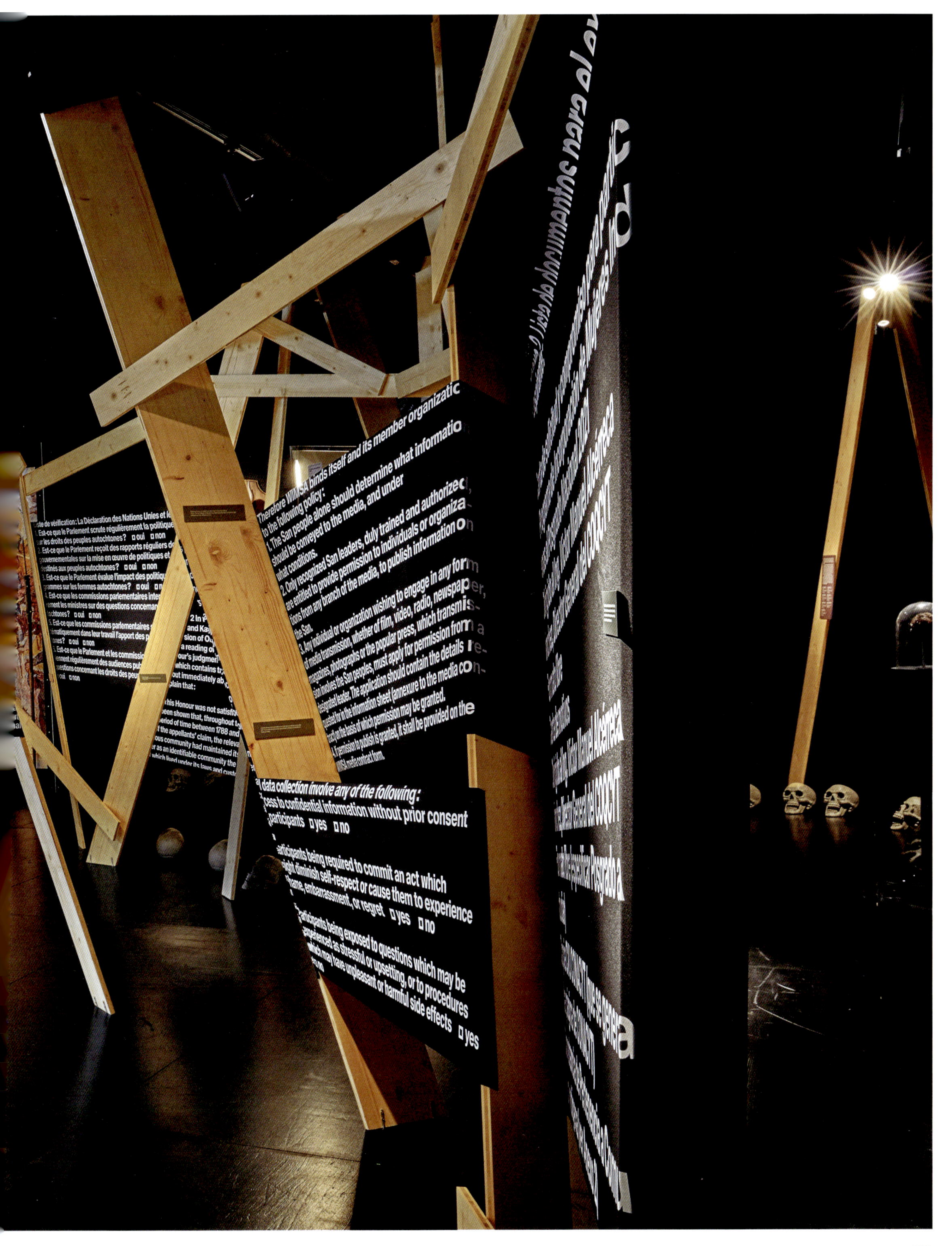
Therefore WIMSA binds itself and its member
to the following policy:
1. The San people alone should determine what
should be conveyed to the media, and under
what conditions.
2. Only recognized San leaders, duly trained and authorized,
are entitled to provide permission to individuals or organizations from any branch of the media, to publish information on
the San.
3. Any individual or organization wishing to engage in any form
of media transmission, whether of film, video, radio, newspaper,
magazines, photographs or the popular press, which transmission involves the San peoples, must apply for permission from a
designated leader. The application should contain the details re-
quested in the information sheet (annexure to the media con-
tract) on the basis of which permission may be granted.
4. If permission to publish is granted, it shall be provided on the
WIMSA media contact form.
data collection involve any of the following:
cess to confidential information without prior consent
participants ☐yes ☐no
articipants being required to commit an act which
diminish self-respect or cause them to experience
shame, embarrassment, or regret ☐yes ☐no
articipants being exposed to questions which may be
as stressful or upsetting, or to procedures
may have unpleasant or harmful side effects ☐yes
1. Est-ce que le Parlement scrute régulièrement la politique
sur les droits des peuples autochtones? ☐oui ☐non
2. Est-ce que le Parlement reçoit des rapports réguliers de
destinés aux peuples autochtones? ☐oui ☐non
3. Est-ce que le Parlement évalue l'impact des
grammes sur les femmes autochtones? ☐oui ☐non
4. Est-ce que les commissions parlementaires
autochtones? ☐oui ☐non
5. Est-ce que les commissions parlementaires
6. Est-ce que le Parlement et les commission
questions concernant les droits des peu
☐oui ☐non
Lista de documentos para el

d determine
edia, and under

ers, duly trained and authorized
ssion to individuals or organiza
media, to publish information o

ation wishing to engage in any for
ether of film, video, radio, newspap
r the popular press, which transmis
oles, must apply for permission from
plication should contain the details
ation sheet (annexure to the media co
ch permission may be granted.
h is granted, it shall be provided on the
form.

ve any of the following:
nformation without prior consen
□ no

commit an act which

carta
Pro
na
Dir

de solic
rama de Incorpo
al Posgrado Naci
gido al Ing. Víctor
hez, Director Gen
rmato libre
rta de motivos
irigido al Ing. Vícto
nchez, Director Ge
ormato libre (espe
tudiar)
ce opia CVU CONA

DIREITOS AUTORAIS INDÍGENAS

Art. 2 – Direitos autorais dos povos indígenas são os direitos morais e patrimoniais sobre as manifestações, reproduções e criações estéticas artísticas, literárias e científicas; e sobre as interpretações, grafismos e fonogramas de caráter coletivo ou individual, material e imaterial indígenas.

§ 1°. O autor da obra, no caso de direito individual indígena, ou a cole[tividade], no caso de direito coletivo, detêm a titularidade do direito a[u]toral e decidem sobre a utilização de sua obra, de protege-la cont[ra] abusos de terceiros, e de ser sempre reconhecido como criador.

§ 2°. Os direitos patrimoniais sobre as criações artísticas referem-se ao uso econômico das mesmas, podendo ser cedidos ou autorizados gratuitamente, ou mediante remuneração, ou outras condicionantes, de acordo com a Le[...] fevereiro de 1998.

§ 3°. Os direitos morais sobre as criaç[...] inalienáveis, irrenunciáveis e subsis[...] mente dos direitos patrimoniais.

De los mecanismos de Protección y Defensa

Artículo 96. Corresponderá al Estado conjuntamente con los pueblos y comunidades indígenas, establecer los mecanismos para la protección y defensa de los conocimientos, tecnologías, innovaciones y prácticas, de acuerdo a sus usos y costumbres. A tales fines, garantizará la creación y [...]miento de capacidades [...]onales para identificar la [...]ión de los conocimien[tos] [...]logías, innovaciones y [...] indígenas.

Anexo 2. Lista de documentos para el expediente de aspirante:

• Carta de solicitud y compromiso para participar
al Programa de Incorporación de Mujeres Indígenas al Posgrado Nacional 2021
– Dirigido al Ing. Víctor Manuel Alcérreca Sánchez, Director General del COQCYT
– Formato libre
• Carta de motivos
– Dirigido al Ing. Víctor Manuel Alcérreca Sánchez, Director General del COQCYT
– Formato libre (especificar Posgrado a estudiar)
• Copia CVU CONACYT (que se genera en la página de CONACYT)
• Constancia de Pertenencia a Comunidad Indígena (ver Anexo 2)

Sources des lois exposées

FUNAI (Fundação Nacional do Índio)
2006. *Ordonnance n° 177.* Brésil, p. 2

FUNAI (Fundação Nacional do Índio)
1995. *Annexe à l'instruction normative n° 001.* Brésil.

Union des médecins indigènes Yagé de l'Amazonie colombienne
2019. *Déclaration sur l'appropriation culturelle des autorités spirituelles, des représentants et des organisations autochtones de la région amazonienne.* Colombie, https://umiyac.org

Organisation des États américains
2016. *Déclaration américaine des droits des peuples autochtones.* Saint-Domingue, p. 6.

Représentant·e·s des communautés Lakota
1993. *Déclaration de guerre contre les exploiteurs de la spiritualité Lakota.* 5e Sommet Lakota, http://www.thepeoplespaths.net

Union interparlementaire
2014. *Mise en œuvre de la Déclaration de l'ONU sur les droits des peuples autochtones (guide pour parlementaires n° 23).* Genève, p. 44.

High Court of Australia
2002. *Membres de la communauté Aborigène Yorta Yorta v Victoria.* Australie, pp. 35-36

Commission des droits de l'Homme, Sous-Commission de la lutte contre les mesures discriminatoires et de la protection des minorités, Groupe de travail sur les populations autochtones, 1993. *Déclaration de Mataatua sur les droits de propriété culturelle et intellectuelle des peuples autochtones.* Nouvelle-Zélande, p. 2

New South Wales Aboriginal Land Council
2022. *Les leaders autochtones appellent à l'action pour protéger le patrimoine culturel des Premières Nations.* Australie, https://alc.org.au

Council of Three Rivers American Indian Center
2021. *Étiquette du Pow Wow.* États-Unis d'Amérique, https://www.cotraic.org

Danse avec La Loue
2010. *Danse avec la loue* (plaquette du festival). Ornans la ville.

Ministère de la Justice du Gouvernement du Canada
1998. *Règlement d'adaptation visant les armes à feu des peuples autochtones du Canada DORS/98-205.* Canada, p. 1.

Commission nationale des droits de l'Homme
2019. *Recommandation générale n° 35/2019 sur la protection du patrimoine culturel des peuples et communautés autochtones de la République mexicaine.* Mexico, pp. 45-46

Ministère du commerce et de l'industrie
2001. *Décret exécutif n° 12.* Panama, pp. 10-11

Working Group of Indigenous Minorities in Southern Africa
2001. *Contrat Médias et Recherche (objectif général) des populations San d'Afrique du Sud.* Afrique du Sud.

Comité éthique de la recherche en sciences humaines et sociales
2017. *Formulaire de demande d'autorisation éthique.* Université du Kwazulu-Natal.

Représentant·e·s des communautés P'urhépecha
2020. *Stop au vol de la Pirekua, parole chantée du Peuple P'urhépecha.* Mexique, p. 1

República Boliviariana de Venezuela
2004. *Loi organique sur les peuples et communautés autochtones.* Caracas, p. 37

República Boliviariana de Venezuela
2004. *Loi organique sur les peuples et communautés autochtones.* Caracas, p. 37

Quitana Roo Gobierno del Estado, Consejo Nacional de Ciencia y Technología
2021. Annexe 2. *Liste des documents pour le dossier du demandeur* (liste de documents à fournir comme « Preuve d'appartenance à une communauté autochtone »). Mexique, http://chetumal.tecnm.mx/

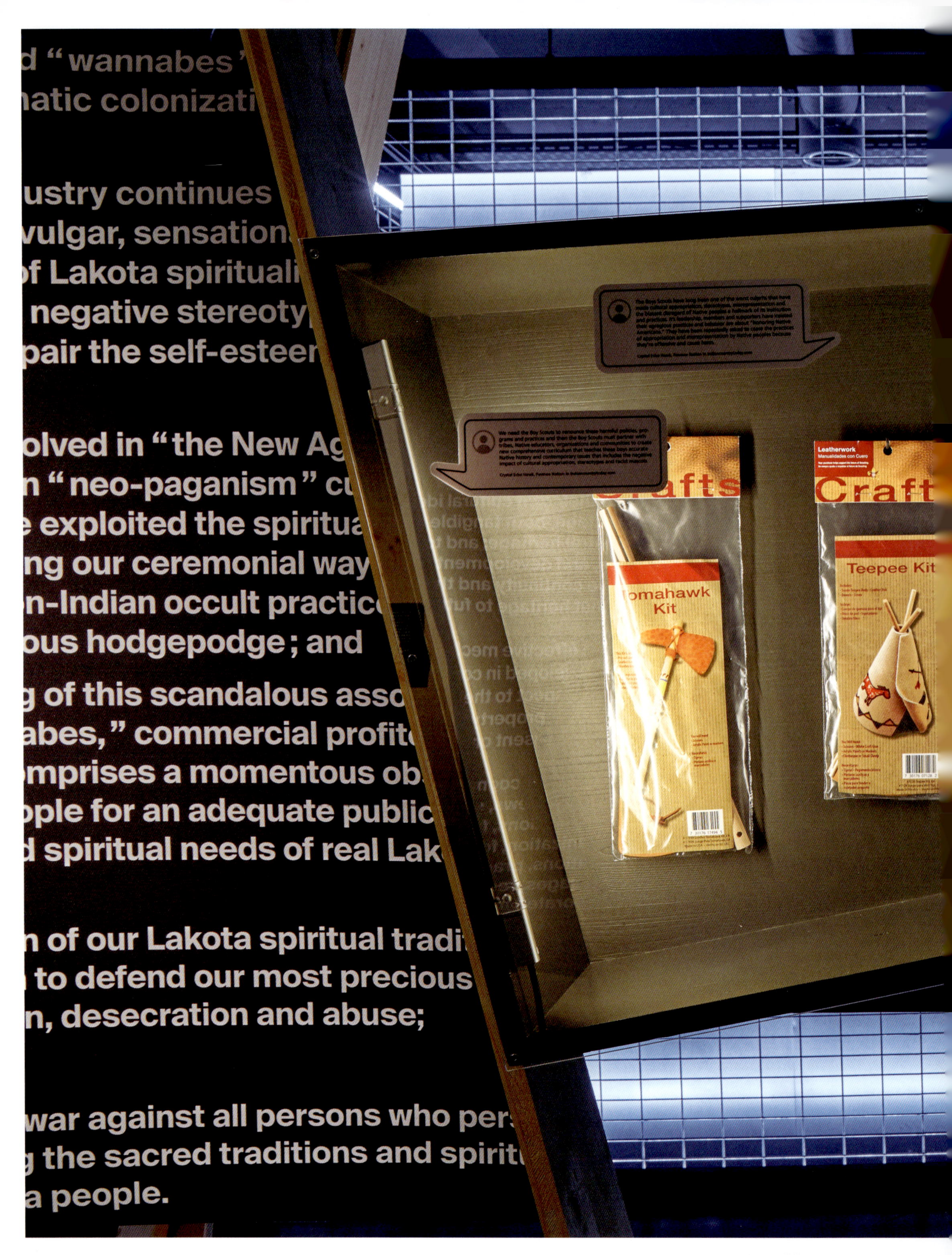
d "wannabes"
natic colonizati
ustry continues
vulgar, sensation
of Lakota spirituali
negative stereoty
pair the self-esteer
olved in "the New Ag
n "neo-paganism" cu
e exploited the spiritu
ng our ceremonial way
n-Indian occult practic
ous hodgepodge; and
g of this scandalous asso
abes," commercial profit
omprises a momentous ob
ople for an adequate public
d spiritual needs of real Lak
n of our Lakota spiritual tradi
to defend our most precious
n, desecration and abuse;
war against all persons who per
g the sacred traditions and spirit
a people.
rafts
omahawk
Kit
Leatherwork
Manualidades con Cuero
Craft
Teepee Kit

Native American Crafts
Artesanías nativoamericanas
Crafts
Glow In The Dark Bear Claw/
Arrowhead Necklace Kit
Cultural appropriation adds to the message we constantly get as Natives that our culture is dead, and that our existence is an inconvenience for society. It is not often seen as a public health issue, but I think that it should be. The Order of the Arrow not only fails to honor and preserve the traditions of American Indians, it could actually be increasing the risk of suicide for our Native youth.
Shelby Rowe, Chickasaw, in indiancountrytoday.com
I have always viewed this practice of the Boy Scouts playing Indian as the highest, most offensive form of cultural appropriation. I had an encounter with a woman connected with the Order of the Arrow at a powwow I attended in Baltimore, Maryland, not so long ago and she came up to me and asked me the difference between my "costume" and that of the Head Dancer. RED FLAG! I told her that our regalia is not a costume and that we are from different tribes and each has their own design, their own colours, their own beadwork, ribbon work, or applique work."

Depuis ses origines, le scoutisme englobe des références aux cultures amérindiennes : attribution de totems, légendes racontées autour du feu, cérémonies d'initiation, techniques de survie donnant lieu à des spécialisations, certaines étant explicitement labellisées « Indian lore ». Les badges et les kits présentés ici témoignent de cette indianophilie toujours vive aux USA. Mais ce qui fut longtemps présenté comme un gage de respect ne coule plus nécessairement de source. Des représentantes autochtones dénoncent aujourd'hui cette forme ancienne d'appropriation culturelle.

Cultural appropriation adds to the message
Natives that our culture is dead, and that ou
venience for society. It is not often seen as a
but I think that it should be. The Order of th
to honor and preserve the traditions of Ame
actually be increasing the risk of suicide for c

Shelby Rowe, Chickasaw, in Indiancountrytoday.com

The Boys Scouts have long been one of
made cultural appropriation, stereotyp
the blatant disregard of Native peoples
and practices. It's leadership, members
their egregious practices and behavior
Americans." They have been repeatedly
of appropriation and misrepresentation
they're offensive and cause harm.

Crystal Echo Hawk, Pawnee Nation in Indiancoun

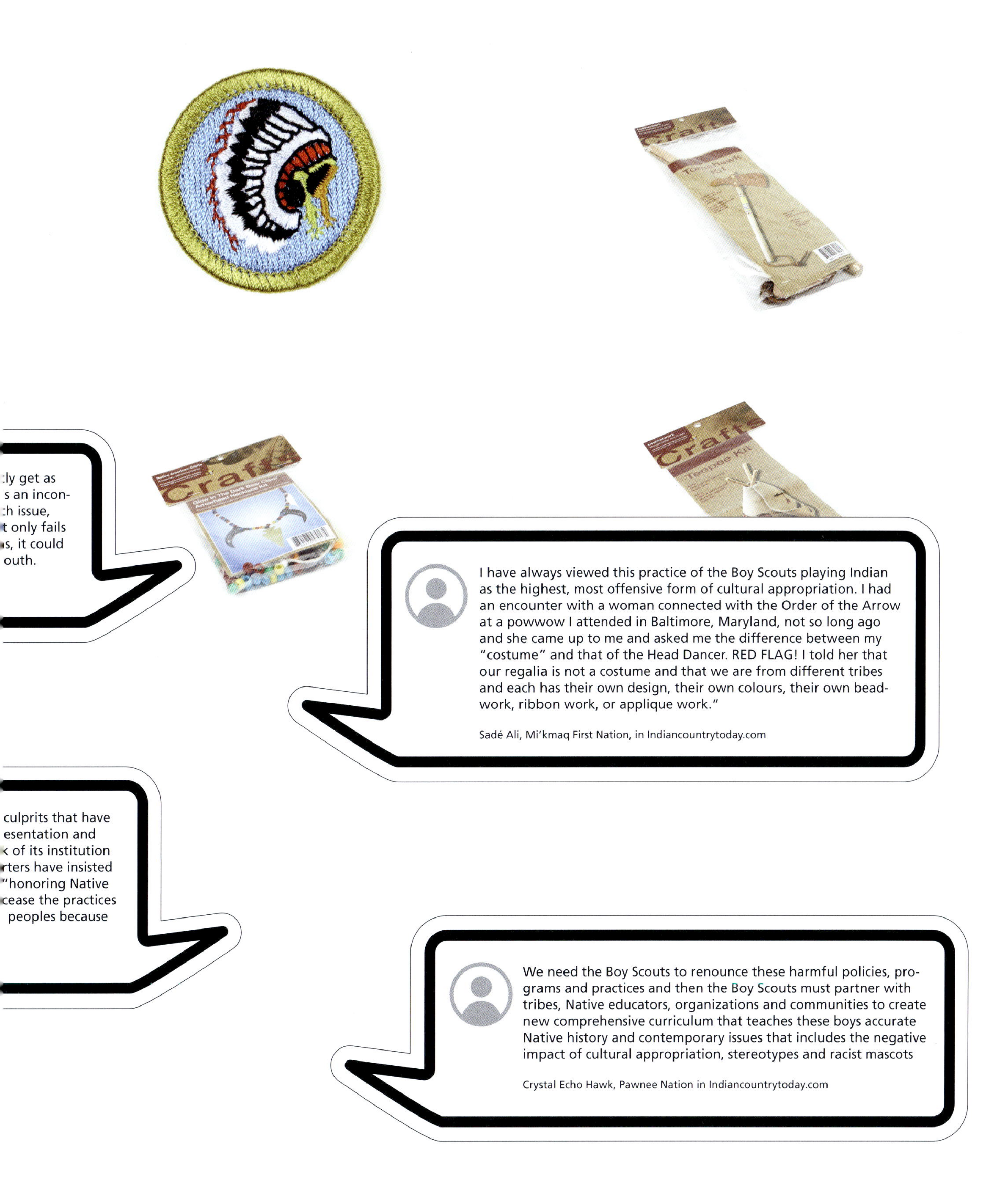

Crafts
Tomahawk Kit
Crafts
Crafts
Teepee Kit
ly get as
s an incon-
h issue,
t only fails
s, it could
outh.
I have always viewed this practice of the Boy Scouts playing Indian as the highest, most offensive form of cultural appropriation. I had an encounter with a woman connected with the Order of the Arrow at a powwow I attended in Baltimore, Maryland, not so long ago and she came up to me and asked me the difference between my "costume" and that of the Head Dancer. RED FLAG! I told her that our regalia is not a costume and that we are from different tribes and each has their own design, their own colours, their own bead-work, ribbon work, or applique work."
Sadé Ali, Mi'kmaq First Nation, in Indiancountrytoday.com
culprits that have
esentation and
of its institution
ters have insisted
"honoring Native
cease the practices
peoples because
We need the Boy Scouts to renounce these harmful policies, programs and practices and then the Boy Scouts must partner with tribes, Native educators, organizations and communities to create new comprehensive curriculum that teaches these boys accurate Native history and contemporary issues that includes the negative impact of cultural appropriation, stereotypes and racist mascots
Crystal Echo Hawk, Pawnee Nation in Indiancountrytoday.com

Patch circulaire
Arizona, États-Unis d'Amérique, 2022
Tissu synthétique, revêtement thermocollant
D.: 4 cm
MEN 22.17.1

Tomahawk en kit
Virginie, États-Unis d'Amérique, 2022
Bois, cuir, papier, polymère
L.: 34 cm
MEN 22.5.1

Collier en kit
Virginie, États-Unis d'Amérique, 2022
Polymère, bois, coton
L.: 19 cm
MEN 22.5.2

Teepee en kit
Virginie, États-Unis d'Amérique, 2022
Feutre, bois, polymère
L.: 28 cm
MEN 22.5.3

LORO HANNO SUBITO L'IMMIGRAZIONE
ORA VIVONO NELLE RISERVE!
GLI INDIANI NON SONO RIUSCITI A FERMARE L'IMMIGRAZIONE
OGGI VIVONO NELLE RISERVE
LEGA DEI TICINESI
LJ
@BIOMECHANICAL
Cultural appropriation hits a new low - I sincerely hope that @CHANEL is donating all the profits to underprivileged aboriginal communities

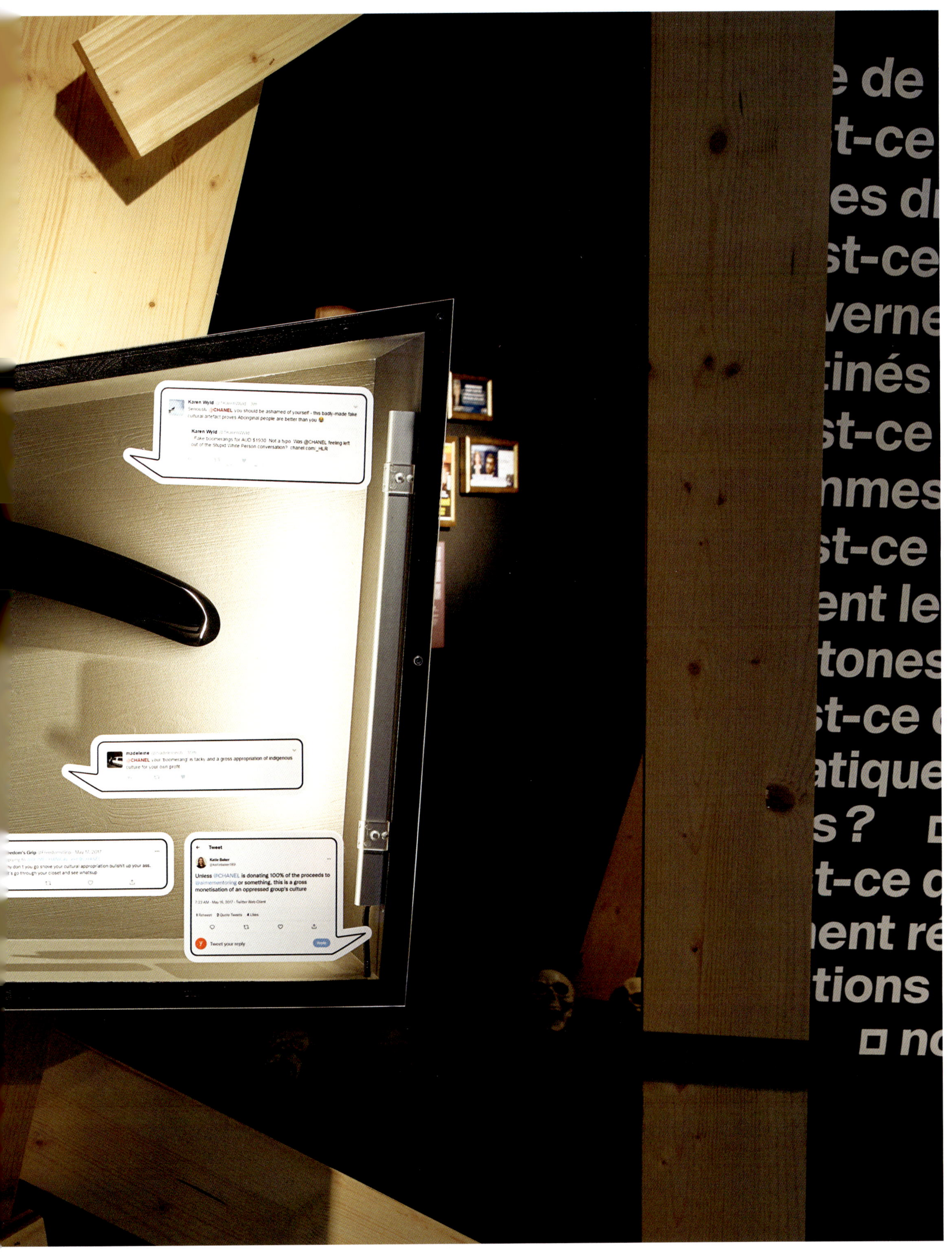
Karen Wyld
Seriously @CHANEL you should be ashamed of yourself - this badly-made fake cultural artefact proves Aboriginal people are better than you
Karen Wyld
Fake boomerangs for AUD $1930 Not a typo Was @CHANEL feeling left out of the Stupid White Person conversation? chanel com/_HLR
madeleine
@CHANEL your 'boomerang' is tacky and a gross appropriation of indigenous culture for your own profit
don't you go shove your cultural appropriation bullshit up your ass.
go through your closet and see whatsup
Tweet
Katie Baker
Unless @CHANEL is donating 100% of the proceeds to @aimementoring or something, this is a gross monetisation of an oppressed group's culture
Tweet your reply

En 2017, à la veille d'un défilé australien, la firme Chanel commercialise un boomerang de luxe. Ce geste voulu comme un clin d'œil et une manière de rajeunir l'image de la vénérable maison de couture provoque une réaction très différente. Les associations qui défendent les droits des peuples aborigènes dénoncent une forme d'appropriation culturelle particulièrement odieuse compte tenu de la précarité qui règne dans les groupes en question. Le produit est retiré de la vente ainsi que de tous les catalogues ou médias contrôlés par Chanel.

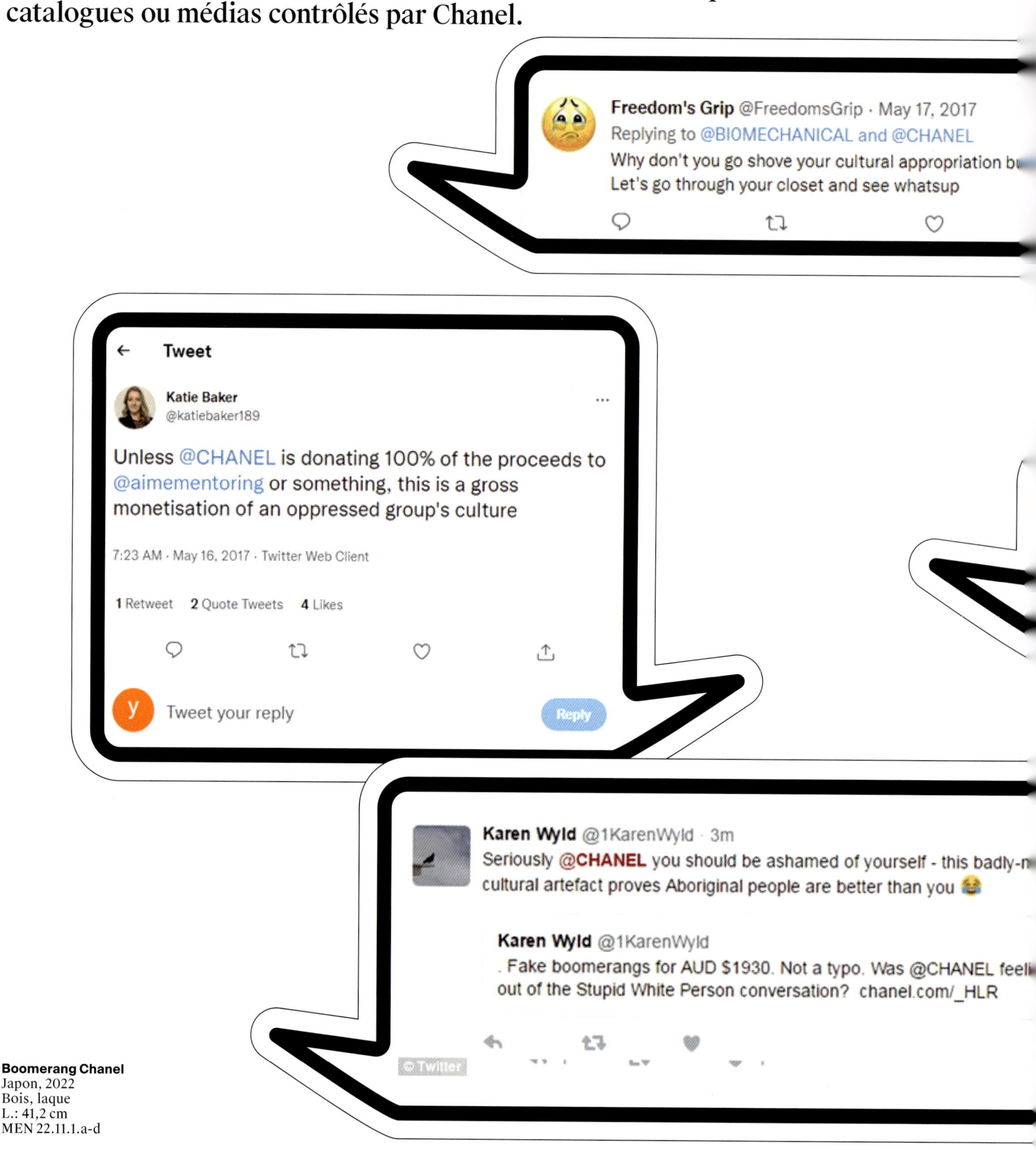

Boomerang Chanel
Japon, 2022
Bois, laque
L.: 41,2 cm
MEN 22.11.1.a-d

your ass.

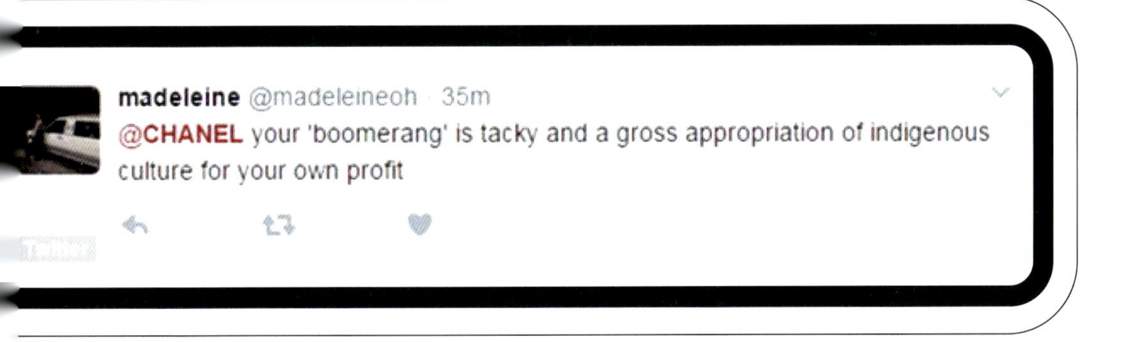
madeleine @madeleineoh · 35m
@CHANEL your 'boomerang' is tacky and a gross appropriation of indigenous culture for your own profit

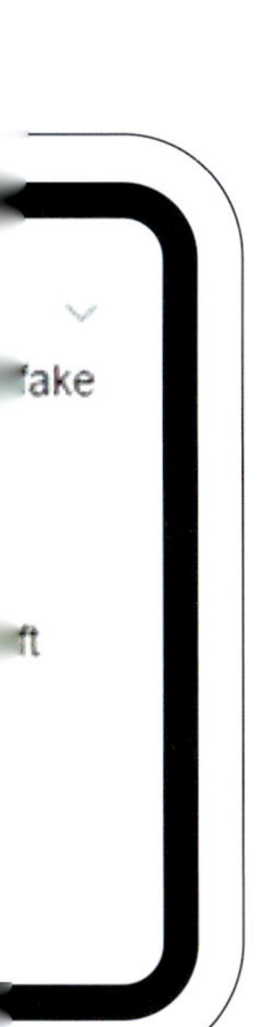
fake
ft

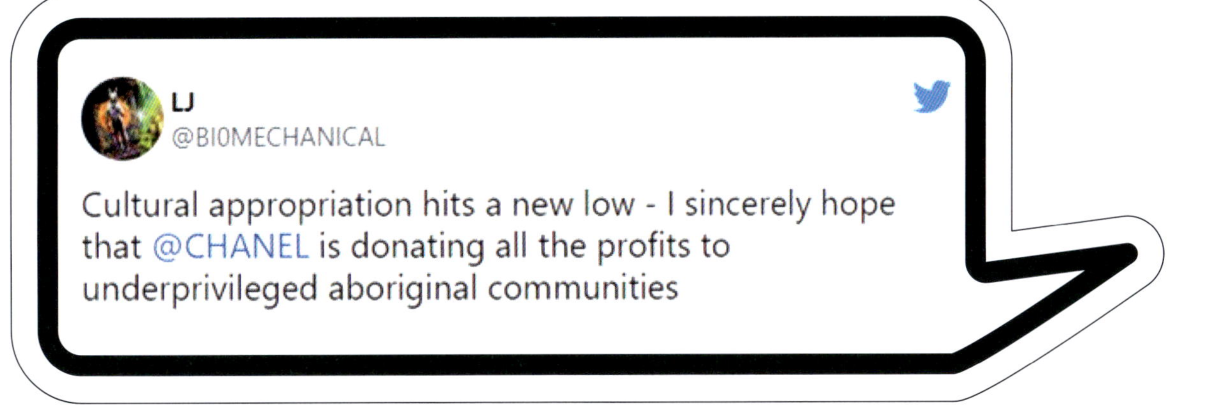
LJ
@BIOMECHANICAL
Cultural appropriation hits a new low - I sincerely hope that @CHANEL is donating all the profits to underprivileged aboriginal communities

Danse avec la loue
2010. Danse avec la loue (plaquette du festival). Ornans la ville.
Why Pharell Williams' Hipster Headdress Is Offensive to Native Americans
La coiffe en plumes est depuis longtemps un objet de polémique aux États-Unis, tour à tour symbole de fierté ou d'offense selon qui la porte.
En 2014, le festival de Glastonburry est critiqué parce qu'il tolère la vente de coiffes en plumes dans les échoppes pour fêtard·e·s. Après avoir banni ce commerce et par extension le port de tels couvre-chefs, il est à nouveau attaqué par des associations qui l'accusent d'empêcher les vrais Amérindiens de porter leurs ornements traditionnels.
À la même période, le chanteur Pharrell Williams est montré du doigt pour avoir fait la une d'un célèbre magazine avec une parure similaire. Il se confond en excuses jusqu'à ce que tout le monde redevienne « happy ».
Coiffe amérindienne à plumes
Grande-Bretagne, 2021
Fibre synthétique, feutre, polymère
MEN 22.30.1

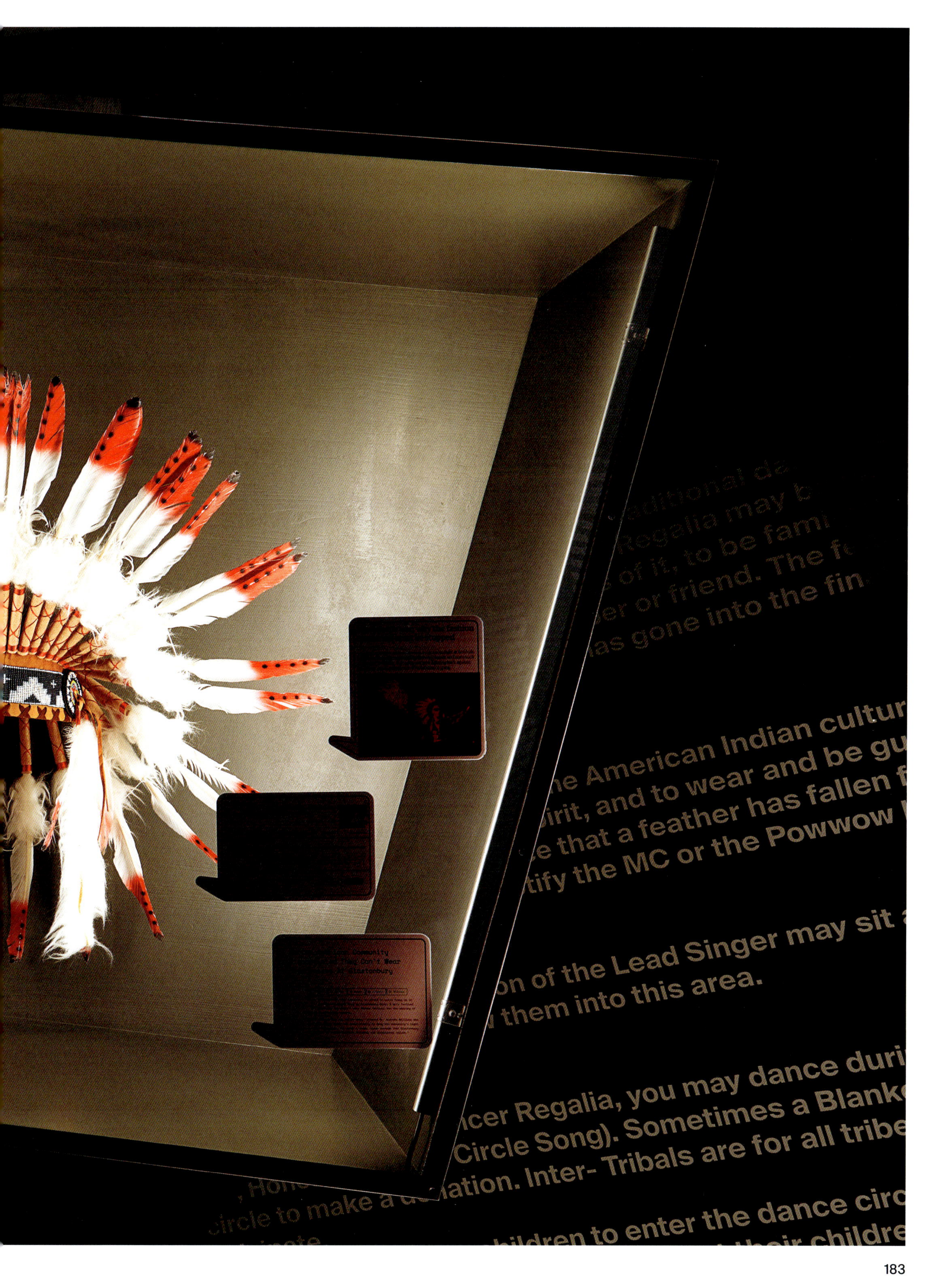
ditional da
Regalia may b
of it, to be fami
er or friend. The f
as gone into the fin
e American Indian cultur
irit, and to wear and be gu
e that a feather has fallen f
tify the MC or the Powwow
on of the Lead Singer may sit a
them into this area.
ncer Regalia, you may dance duri
Circle Song). Sometimes a Blank
ation. Inter- Tribals are for all tribe
circle to make a
hildren to enter the dance circ

La coiffe en plumes est depuis longtemps un objet de polémique aux États-Unis, tour à tour symbole de fierté ou d'offense selon qui la porte. En 2014, le festival de Glastonbury en Angleterre est critiqué parce qu'il tolère la vente de coiffes en plumes dans les échoppes pour fêtard·e·s. Après avoir banni ce commerce et par extension le port de tels couvre-chefs, il est à nouveau attaqué par des associations qui l'accusent d'empêcher les vrais Amérindiens de porter leurs ornements traditionnels. À la même période, le chanteur Pharrell Williams est montré du doigt pour avoir fait la une d'un célèbre magazine avec une parure similaire. Il se confond en excuses jusqu'à ce que tout le monde redevienne « happy ».

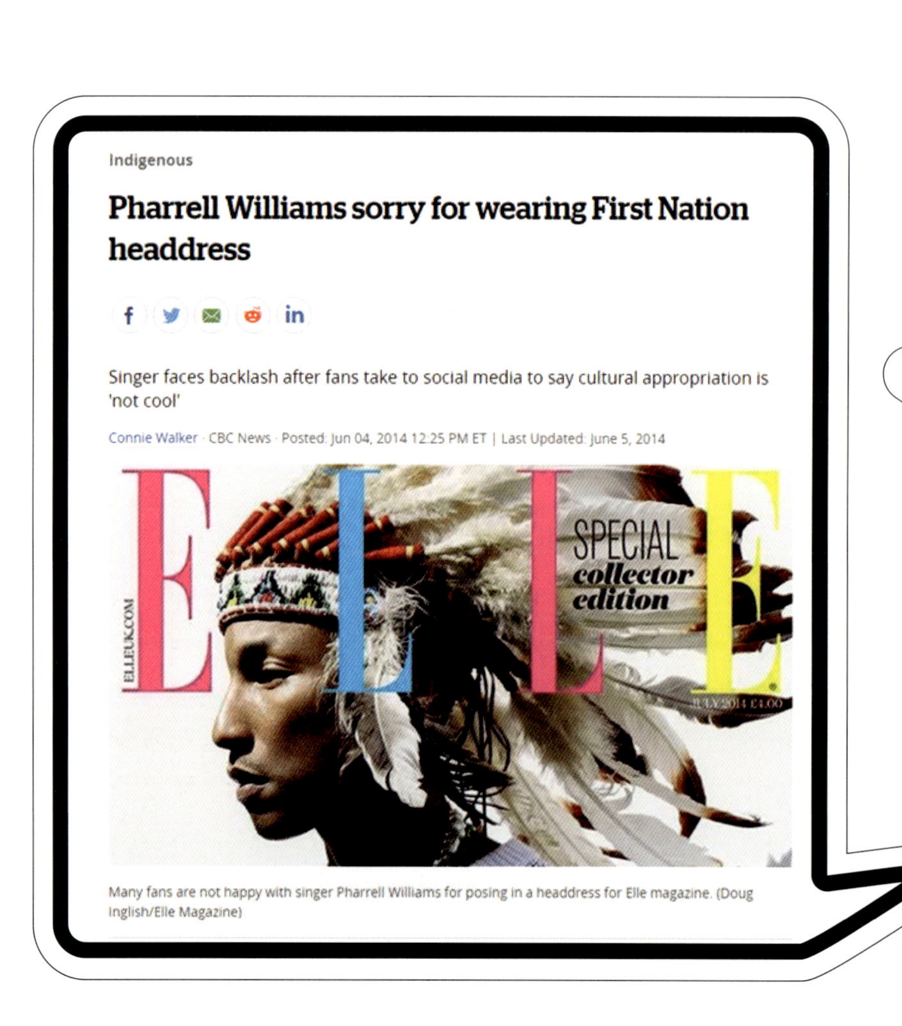

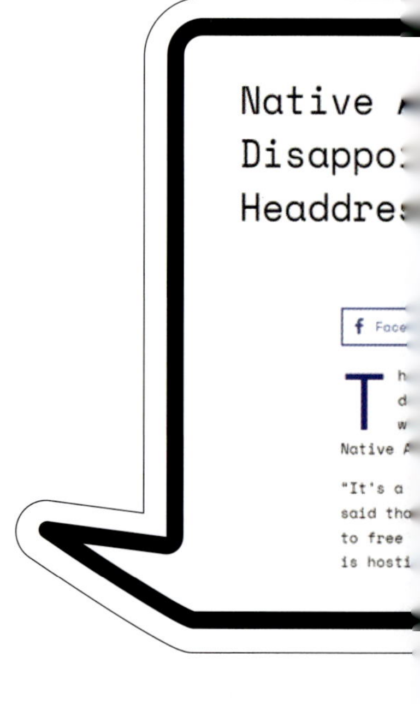

Coiffe amérindienne à plumes
Grande-Bretagne, 2021
Fibre synthétique, feutre, polymère
D.: 20,5 cm
MEN 22.30.1

Villiams' Hipster Headdress Is
Native Americans

anything sacred. When nothing's sacred, it is very
ves flippantly wearing headdresses are horribly

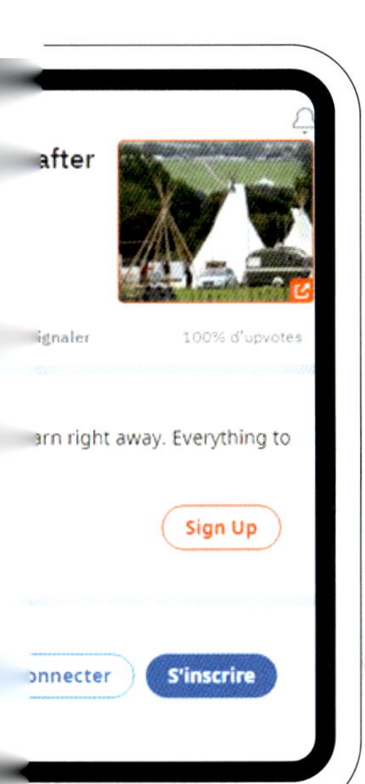
after

ignaler 100% d'upvotes

arn right away. Everything to

Sign Up

onnecter S'inscrire

This means war: why the fashion headdress must be stopped

The Native American headdress is a common sight at festivals. It has also been appropriated by fashion brands and stars such as Pharrell Williams. But many are now fighting back against what they see as a crude act of racial stereotyping

rican Community
ed They Can't Wear
s At Glastonbury

Twitter Reddit LinkedIn WhatsApp

e American community is united in voice today as it
s a recent move by Glastonbury Music & Arts festival
w the world's most famous festival ban the wearing of
n war bonnets.

ting and racist move," claimed Dr. Acaraho Williams who
y Eavis has acted cruelly to deny his community's right
sion. "It sends a stark, clear message that Glastonbury
Native American cultural and traditional values."

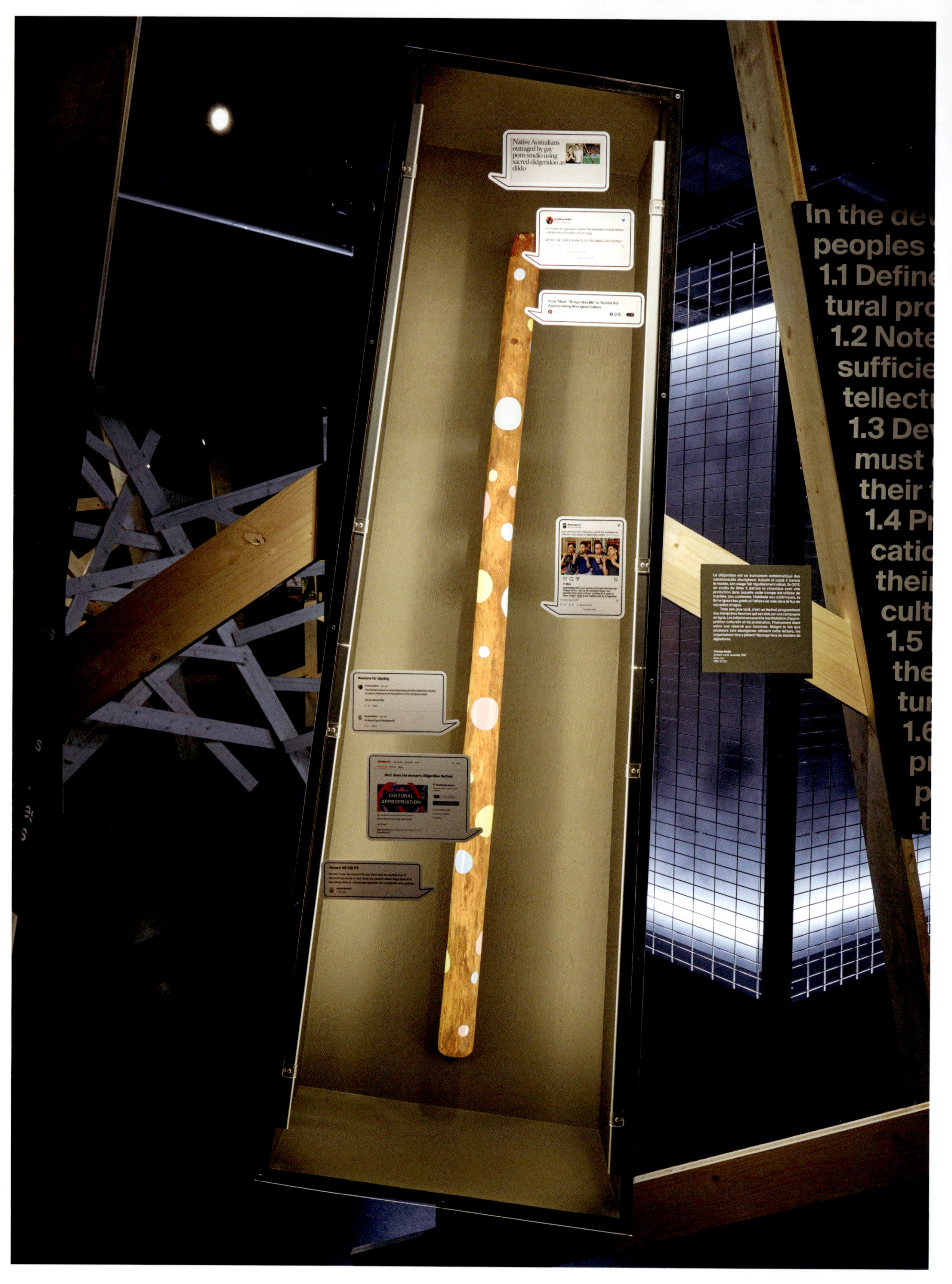
Native Australians outraged by gay porn studio using sacred didgeridoo as dildo
Porn Titled, "Didgeridoo Me" In Trouble For Appropriating Aboriginal Culture
Reasons for signing
Shut down the women's didgeridoo festival
CULTURAL APPROPRIATION
Victory! WE DID IT!
In the de
peoples
1.1 Define
tural pro
1.2 Note
sufficie
tellect
1.3 De
must
their
1.4 P
catio
thei
cult
1.5
the
tur
1.6
pr
p
t
Le didgeridoo est un instrument emblématique des communautés aborigènes. Adopté et copié à travers le monde, son usage fait régulièrement débat. En 2017, un studio de films X défraie la chronique avec une production dans laquelle cette trompe est utilisée de manière peu commune. Habituée aux polémiques, la firme ignore les griefs et l'affaire se noie dans le flux de nouvelles images.
Trois ans plus tard, c'est un festival programmant des interprètes femmes qui est visé par une campagne en ligne. Les initiants accusent la manifestation d'appropriation culturelle et de profanation, l'instrument étant selon eux réservé aux hommes. Malgré le fait que plusieurs voix aborigènes réfutent cette lecture, les organisateur·rice·s jettent l'éponge face au nombre de signatures.
Trompe droite
Arnhem Land, Australie, 1997
Bois, cire
MEN 97.33.1

Elia Macario Salvador · hace 1 año
Alto al plagio y robo de la música de la Danza de los viejitos.
Mónica Flores · hace 1 año
Los P'URHÉPECHAS exigimos respeto, nuestras PIREKUAS exigen respeto, nuestras tradiciones, usos y costumbres exigen respeto, todo eso y más hace nuestra IDENTIDAD como pueblo PURHEPECHA
Jose Gonzalez · hace 1 año
El plagió es un robo a la comunidad Purépecha.
Edgar Perez · hace 1 año
En apoyo al respeto de los derechos de los habitantes de los pueblos originarios de México; en defensa del valor cultural e histórico de las distintas expresiones de la cultura Purépecha
Masque de *viejitos*
Mexique, 2022
Bois, lin, pigments
MEN 22.50.1

Le didgeridoo est un instrument emblématique des communautés aborigènes. Adopté et copié à travers le monde, son usage fait régulièrement débat. En 2017, un studio de films X défraie la chronique avec une production dans laquelle cette trompe est utilisée de manière peu commune. Habituée aux polémiques, la firme ignore les griefs et l'affaire se noie dans le flux de nouvelles images. Trois ans plus tard, c'est un festival programmant des interprètes femmes qui est visé par une campagne en ligne. Les initiants accusent la manifestation d'appropriation culturelle et de profanation, l'instrument étant selon eux réservé aux hommes. Malgré le fait que plusieurs voix aborigènes réfutent cette lecture, les organisateur·rice·s jettent l'éponge face au nombre de signatures.

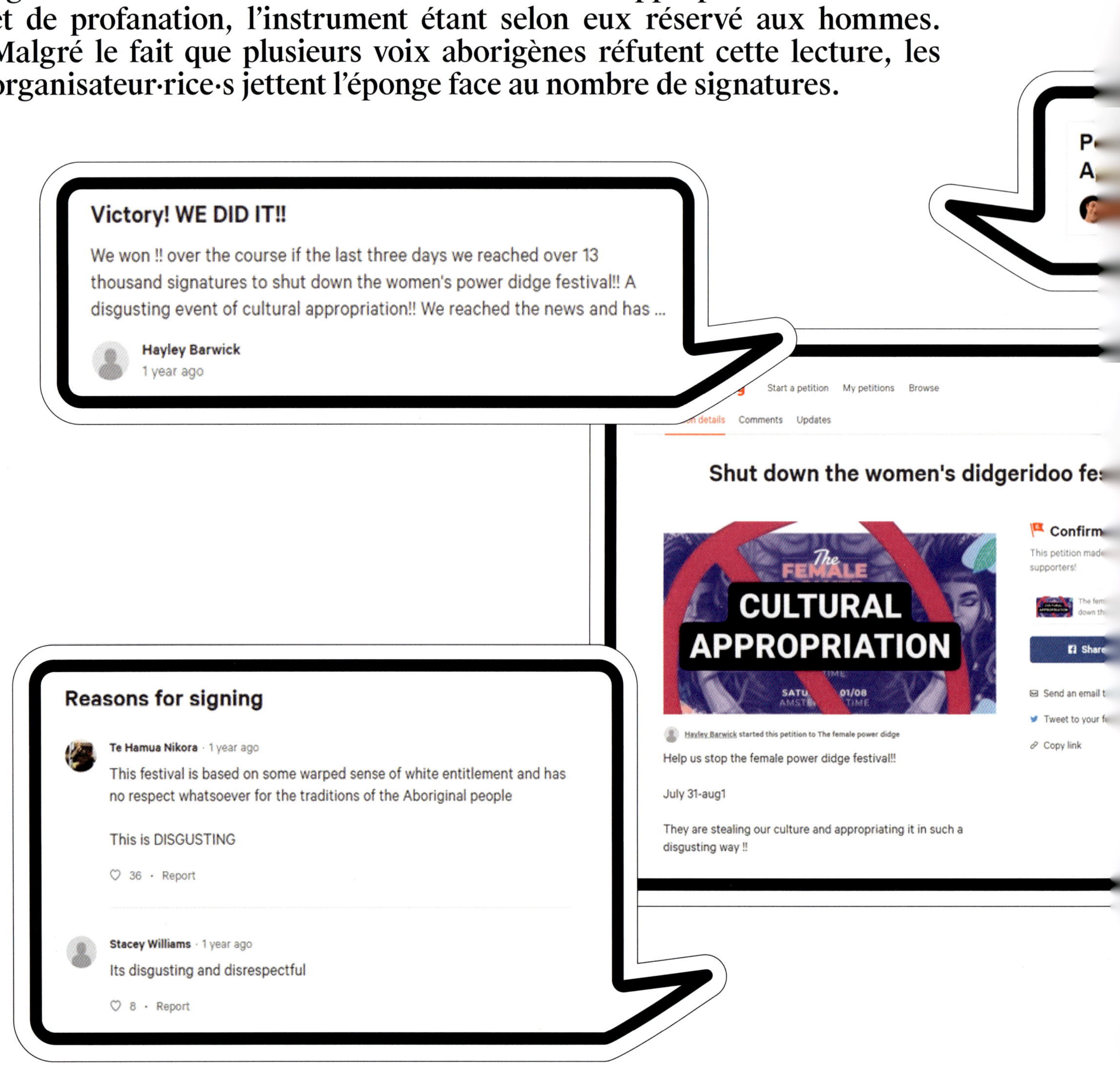

Trompe droite
Arnhem Land, Australie, 1997
Bois, cire
L.: 137,6 cm
MEN 97.33.1

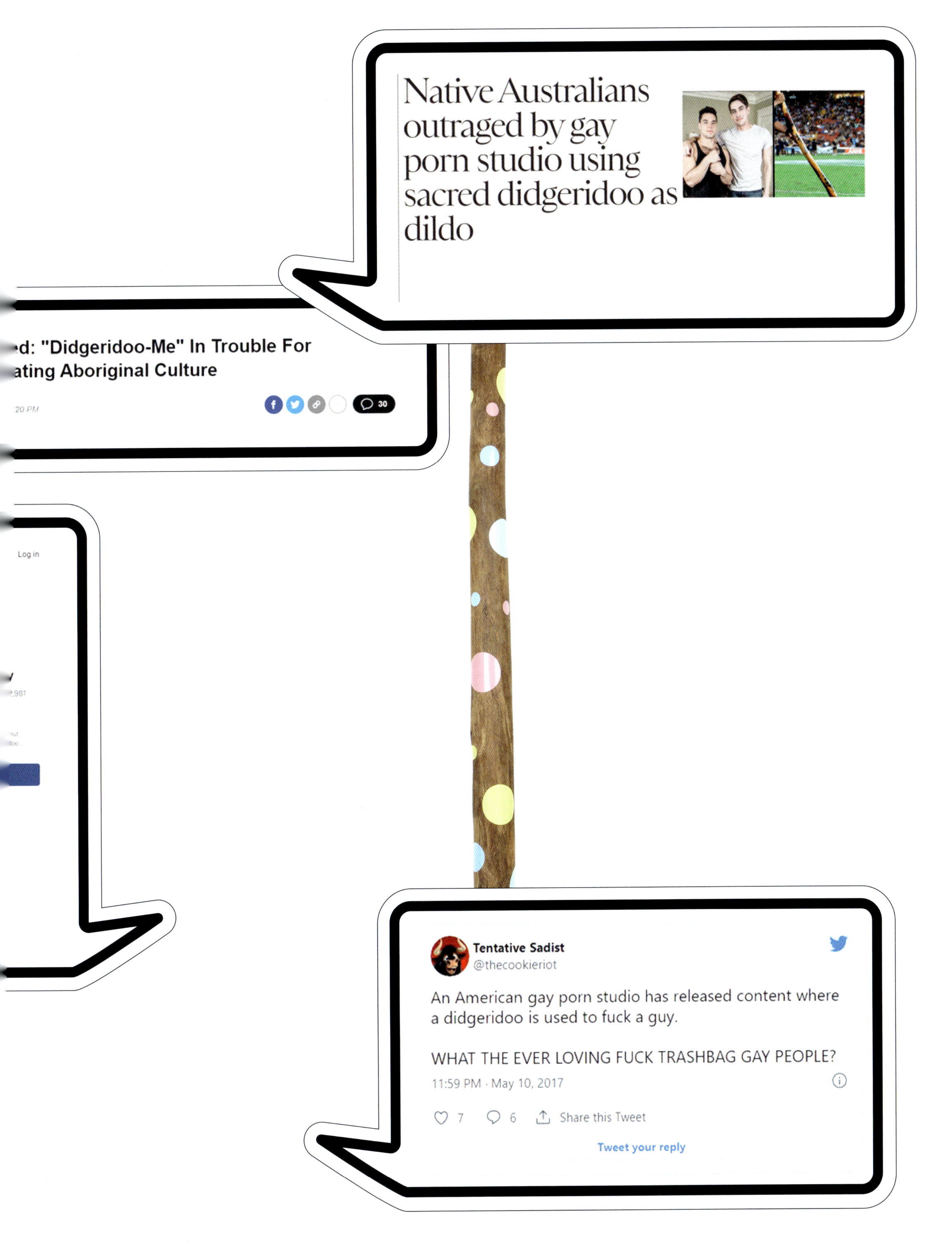
Native Australians outraged by gay porn studio using sacred didgeridoo as dildo
d: "Didgeridoo-Me" In Trouble For
ating Aboriginal Culture
20 PM
30
Log in
Tentative Sadist
@thecookieriot
An American gay porn studio has released content where a didgeridoo is used to fuck a guy.
WHAT THE EVER LOVING FUCK TRASHBAG GAY PEOPLE?
11:59 PM · May 10, 2017
7
6
Share this Tweet
Tweet your reply

Inventoriée au patrimoine culturel immatériel de l'humanité (UNESCO), la musique pirekua accompagne la «danse des vieillards» (Danza de los Viejitos), une tradition indigène emblématique de la région du Michoacán, au Mexique. Les participants y portent notamment des masques censés représenter les anciens et leur sagesse. En 2020, le groupe Marco Flores y la Banda Jerez a composé une chanson reprenant divers éléments de ce folklore. La communauté p'urhépecha a écrit une lettre ouverte aux médias, au gouvernement et aux lobbys indigénistes pour dénoncer cette appropriation. Suite au tollé, le groupe a présenté officiellement des excuses.

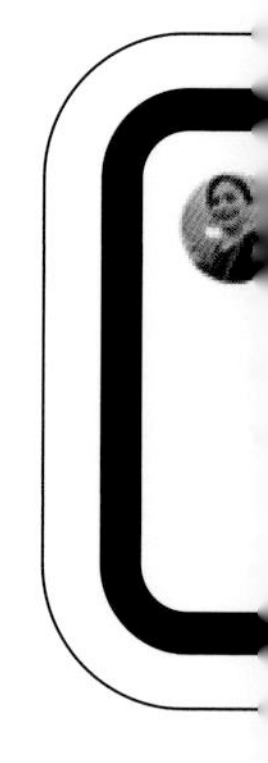

Masque de viejitos
Mexique, 2022
Bois, lin, pigments
L.: 22 cm
MEN 22.50.1

Jose Gonzalez · hace 1 año
El plagió es un robo a la comunidad Purépecha.
0 · Denunciar
nza de los viejitos.
Edgar Perez · hace 1 año
En apoyo al respeto de los derechos de los habitantes de los pueblos originarios de México; en defensa del valor cultural e histórico de las distintas expresiones de la cultura Purépecha
0 · Denunciar
ónica Flores · hace 1 año
os P'URHÉPECHAS exigimos respeto, nuestras PIREKUAS exigen espeto, nuestras tradiciones, usos y costumbres exigen respeto, todo eso más hace nuestra IDENTIDAD como pueblo PURHÉPECHA
0 · Denunciar

PERFORMER

Retrouver en soi l'énergie primitive, renouer avec un temps où les pulsions violentes osaient s'exprimer, tel est le propos de cet ironique «chemin de l'instinct». Des exercices inspirés du célèbre parcours vita invitent chacun·e à développer son capital de sauvagerie. Les figures de Conan le Cimmérien ou de Tarzan prennent ici valeur de modèles. Le progrès semble envisagé comme un retour en arrière, dans une inversion des stades imaginés par l'anthropologue évolutionniste du XIXe siècle Lewis Morgan: de la civilisation vers la sauvagerie en passant par la barbarie?

FORCE
LE CORPS DE NOS ANCÊTRES ÉTAIT FORT ET BEAU. RETROUVE-LE EN ÉLIMINANT TA MAUVAISE GRAISSE DE TÉLÉZARD ET EN DÉVELOPPANT TA PUISSANCE MUSCULAIRE.
Positionne-toi sous la barre du temps
Agrippe-la avec fermeté
Elève-toi au-dessus de la médiocrité ambiante
Lâche un yodel de victoire à chaque traction réussie
Renouvèle l'exercice autant que possible
N'oublie jamais que l'esprit de Conan veille sur toi

The more I see of what you call civilization, the more highly I think of what you call savagery!
Robert E. Howard, King Kull, 1967

Barbarians
Ken Kelly, 1985
USA

IIH-OH-IIH-OOOOH

Le célèbre cri apparaît pour la première fois dans le roman d'Edgar Rice Burroughs, Tarzan of the Apes (1912). Sa description sommaire, «le cri de victoire d'un grand singe», laisse place à l'interprétation.

Marie Lechner. "Le cri etait presque parfait"
Liberation 12.08.14

[Johnny Weissmuller] L'ami musculeux de Cheeta a prétendu qu'il avait personnellement créé le hurlement à jamais associé à Tarzan, en s'inspirant du yodel de l'un de ses voisins allemands.
«Mes parents viennent d'Autriche et j'avais l'habitude de yodler quand j'étais petit... Quand on m'a demandé de faire le cri, j'ai simplement yodlé.»

Le cri est devenu si célèbre qu'il était diffusé aux soldats durant la Seconde Guerre mondiale.

Marie Lechner. "Le cri etait presque parfait"
Liberation 12.08.14

EN 2021 LE CÉLÈBRE CRI DE TARZAN FÊTE SES 90 ANS

YODEL DE JOHNNY WEISSMÜLLER OU MIXAGE DU CRI
D'UNE HYÈNE, D'UN CHAMEAU, D'UN VIOLON
ET D'UN SOPRANO ?

SON ORIGINE RESTE CONTROVERSÉE

TIENS BON !

LA CULTURE

MAIS LA PLUS INCROYABLE HYPOTHÈSE PROVIENT D'UN MONTEUR
DE LA MGM.
SELON LUI, CE CRI INHUMAIN SERAIT UNE COMBINAISON
DE PISTES SONORES SUPERPOSÉES: LA VOIX DE WEISSMULLER
AMPLIFIÉE, LE CRI D'UNE HYÈNE JOUÉ À L'ENVERS,
LE BLATÈREMENT D'UN CHAMEAU, LE GROGNEMENT D'UN CHIEN
ET LE SON RAUQUE DE LA CORDE LA PLUS GRAVE D'UN VIOLON.

UN CHANTEUR D'OPÉRA (LLOYD THOMAS LEECH) EN CLAME AUSSI
LA PATERNITÉ.

MARIE LECHNER, "LE CRI ETAIT PRESQUE PARFAIT"
LIBERATION-12.08.14

C'EST AUSSI
DU MUSCLE

THE SOUND ITSELF IS A REGISTERED TRADEMARK AND SERVICE MARK, OWNED
BY EDGAR RICE BURROUGHS, INC.[3][4][5]
REGISTRATION NUMBERS: 2210506; 3841800; 4462890.
REGISTRATION DATES: DECEMBER 15, 1998;AUGUST 31,
2010; JANUARY 7, 2014.
DESCRIPTION OF MARK: THE MARK CONSISTS OF THE SOUND OF THE FAMOUS TARZAN YELL.
THE MARK IS A YELL CONSISTING OF A SERIES OF APPROXIMATELY
TEN SOUNDS, ALTERNATING BETWEEN THE CHEST AND FALSETTO REGISTERS
OF THE VOICE, AS FOLLOW -

A SEMI-LONG SOUND IN THE CHEST REGISTER,
A SHORT SOUND UP AN INTERVAL OF ONE OCTAVE PLUS A FIFTH FROM THE PRECEDING SOUND,
A SHORT SOUND DOWN A MAJOR 3RD FROM THE PRECEDING SOUND,
A SHORT SOUND UP A MAJOR 3RD FROM THE PRECEDING SOUND,
A LONG SOUND DOWN ONE OCTAVE PLUS A MAJOR 3RD FROM THE PRECEDING SOUND,
A SHORT SOUND UP ONE OCTAVE FROM THE PRECEDING SOUND,
A SHORT SOUND UP A MAJOR 3RD FROM THE PRECEDING SOUND,
A SHORT SOUND DOWN A MAJOR 3RD FROM THE PRECEDING SOUND,
A SHORT SOUND UP A MAJOR 3RD FROM THE PRECEDING SOUND,
A LONG SOUND DOWN AN OCTAVE PLUS A FIFTH FROM THE PRECEDING SOUND.

HTTPS://EN.WIKIPEDIA.ORG/WIKI/TARZAN_ YELL?OLDID=792496487

Parallèlement aux exercices imaginaires de l'exposition, une série d'affiches témoigne d'un goût bien réel pour une forme de culturisme à consonances barbares ou sauvages, inspirées par des figures marquantes de la culture populaire. Le site collaboratif darebee.com s'est spécialisé dans le domaine. Sculpter son corps pour devenir aussi tonique qu'une valkyrie ou agile que Tarzan devient possible.

Neuf programmes d'entrainement
Darebee.com, début du XXIe siècle
Impression digitale
New York, Bruxelles, Ottawa, Londres, Collingwood

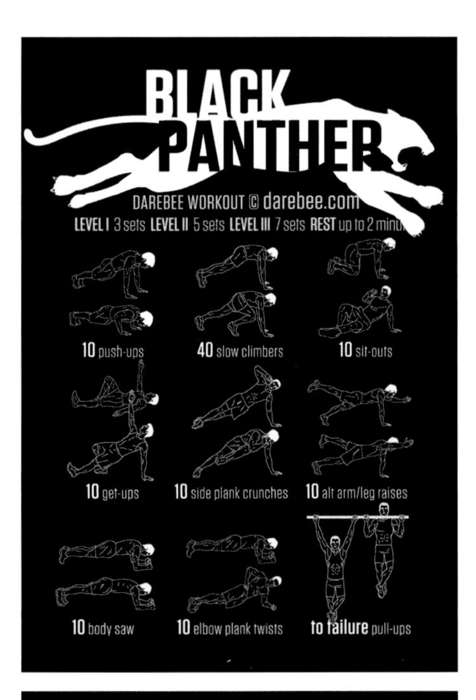
BLACK PANTHER
DAREBEE WORKOUT © darebee.com
LEVEL I 3 sets LEVEL II 5 sets LEVEL III 7 sets REST up to 2 minu
10 push-ups
40 slow climbers
10 sit-outs
10 get-ups
10 side plank crunches
10 alt arm/leg raises
10 body saw
10 elbow plank twists
to failure pull-ups

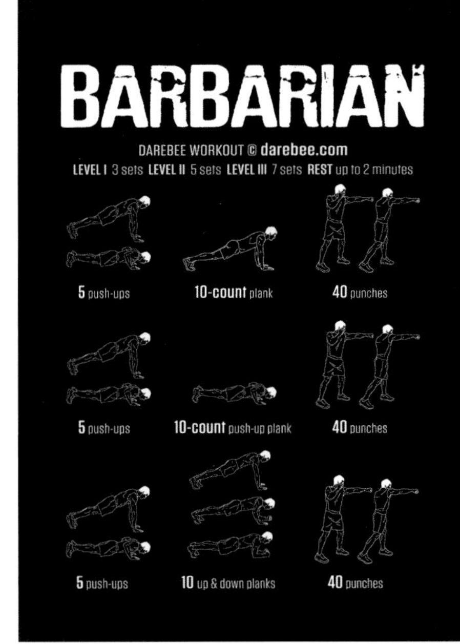
BARBARIAN
DAREBEE WORKOUT © darebee.com
LEVEL I 3 sets LEVEL II 5 sets LEVEL III 7 sets REST up to 2 minutes
5 push-ups
10-count plank
40 punches
5 push-ups
10-count push-up plank
40 punches
5 push-ups
10 up & down planks
40 punches

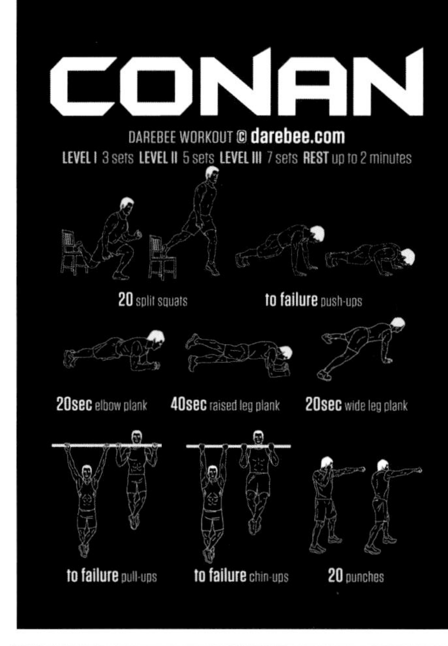
CONAN
DAREBEE WORKOUT © darebee.com
LEVEL I 3 sets LEVEL II 5 sets LEVEL III 7 sets REST up to 2 minutes
20 split squats
to failure push-ups
20sec elbow plank
40sec raised leg plank
20sec wide leg plank
to failure pull-ups
to failure chin-ups
20 punches

TARZAN
DAREBEE WORKOUT © darebee.com
LEVEL I 3 sets LEVEL II 5 sets LEVEL III 7 sets REST up to 2 minutes
10 jumps
5 jump squats
5 jump knee tucks
5 push-ups
5 power push-ups
10 slow climbers
10 crunch kicks
10 butterfly sit-ups
10 sitting twists

WORK YOUR Wild Side
Gorilla
Donkey Kick
Bear Crawl
Iguana
Frog Squat
Crow Push-Up
Scorpion Push-Up
Tucked Bird
Downward Dog
Pigeon Pose

DRUID
DAREBEE WORKOUT © darebee.com
LEVEL I 3 sets LEVEL II 5 sets LEVEL III 7 sets REST up to 2 minutes
6 calf raises
10 high squats
6 split lunges
6 downward upward dogs
10 bridge taps
6 toe taps
6 leg raises
10 clamshells
6 side leg raises

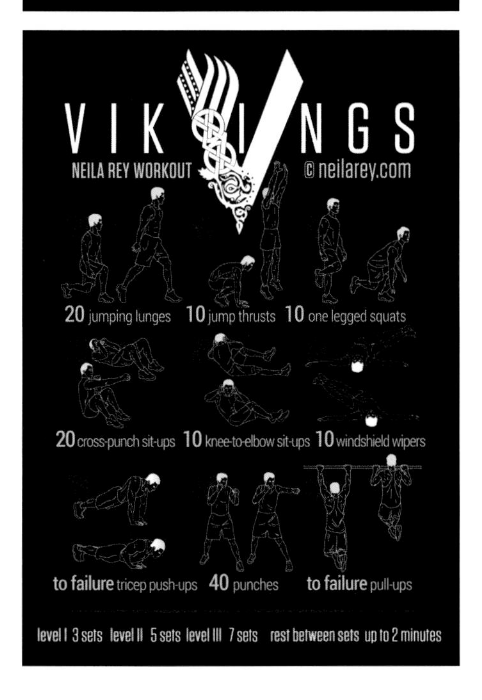
VIKINGS
NEILA REY WORKOUT
© neilarey.com
20 jumping lunges
10 jump thrusts
10 one legged squats
20 cross-punch sit-ups
10 knee-to-elbow sit-ups
10 windshield wipers
to failure tricep push-ups
40 punches
to failure pull-ups
level I 3 sets level II 5 sets level III 7 sets rest between sets up to 2 minutes

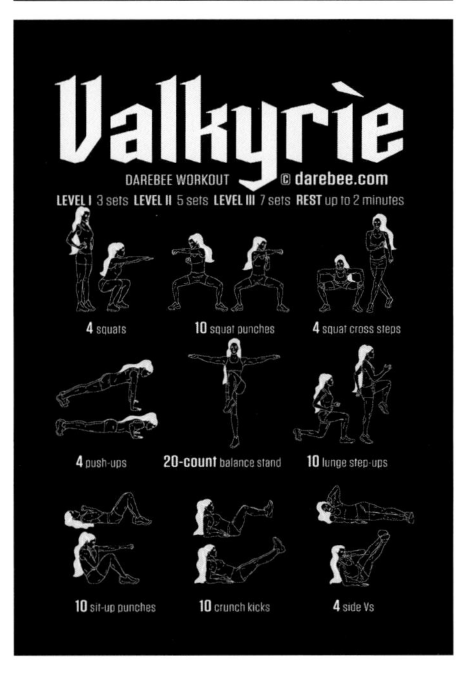
Valkyrie
DAREBEE WORKOUT © darebee.com
LEVEL I 3 sets LEVEL II 5 sets LEVEL III 7 sets REST up to 2 minutes
4 squats
10 squat punches
4 squat cross steps
4 push-ups
20-count balance stand
10 lunge step-ups
10 sit-up punches
10 crunch kicks
4 side Vs

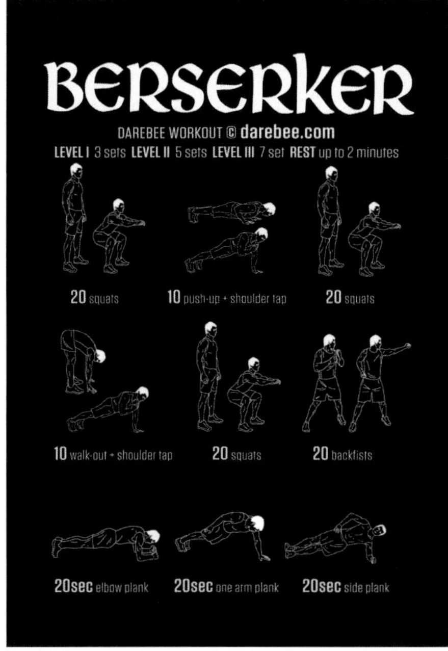
BERSERKER
DAREBEE WORKOUT © darebee.com
LEVEL I 3 sets LEVEL II 5 sets LEVEL III 7 set REST up to 2 minutes
20 squats
10 push-up + shoulder tap
20 squats
10 walk-out + shoulder tap
20 squats
20 backfists
20sec elbow plank
20sec one arm plank
20sec side plank

Arcarsenal
At the Drive-In, 2000
Grand Royal

« C'est parfait » - Endoctriné tu tombes la tête la première
Keiji Haino, 2002
Turtles' Dream/A Bruit Secret

Leprosy
Death, 1988
Combat Records

Bored
Deftones, 2003
Maverick Records

The litanies of Satan
Diamánda Gálás, 1982
Y Records

Painkiller
Judas Priest, 1990
Columbia Records

The great Southern trendkill
Pantera, 1996
EastWest Records

Straight for the sun
Lamb of god, 2011
Epic Records

Given up
Linkin Park, 2008
Epic Records

Liar
Bikini Kill, 1992
Kill Rock Stars Records

Art star
Yeah Yeah Yeahs, 2010
Witchita Records

Child in time
Deep Purple, 1970
Harvest Records

Black spell of destruction
Burzum, 1992
Deathlike Silence Productions

Baptized in blood
Death, 1987
Combat Records

A fine day to die
Bathory, 1988
Under One Flag

Doom
Soulfly, 2008
Roadrunner Records

Won't get fooled again
The Who, 1971
Decca/Polydor

Death From Above
Anthrax, 1987
Megaforce Records

Hero
Pop Evil, 2008
Jard Star/Universal

I put a spell on you
Screaming Jay Hawkins, 1956
Okeh Records

House of jealous lovers
The Rapture, 2003
Vertigo/DFA/Universal

Metal vocals - Death growl techniques
Leon Schuster, 2010
https://www.youtube.com/watch?v=oEnr3ZoABI8

How to brutal Growl
VokillCovers, 2013
https://www.youtube.com/watch?v=6cB3o-VuGkc

Guttural techniques
Dave Rotten, 2016
https://www.youtube.com/watch?v=vwcZ2IXX8Mo

How to sing with fry: Growl, Distortion, Rasp
Ken Templin, 2016
https://www.youtube.com/watch?v=QZbxAk1AE6E

RÉSILIENCE

OUBLIE LES FRUSTRATIONS HÉRITÉES DE LA MORALE JUDÉO-CHRÉTIENNE ET DES CONVENTIONS BOURGEOISES. LIBÈRE TON ÊTRE PRIMITIF EN LÂCHANT UN GRAND CRI DE RÉVOLTE, D'ÉMANCIPATION ET DE SOULAGEMENT.

Pense au pire moment de ta journée (de ta vie)

Pénètre dans le cercle

Ecoute la voix

Suis l'exemple

Purge-toi en lâchant un cri aussi fort et libérateur que possible

Renouvèle l'expérience jusqu'à ce que tu n'éprouves plus aucune gêne face aux autres visiteurs

Tu es le héros de ta vie et de ceux que tu aimes. Par conséquent tu dois développer un mental de guerrier. Et apprendre à sortir de la douleur [...]

Je suis un guerrier (Instant motivation)
Instant Motivation, 2019
https://www.youtube.com/watch?v=Bwnbth5dMWU

L'ennemi intérieur, qui vit dans ta tête, fera tout pour te faire abandonner. Pour te décourager. Pour te convaincre que tu ne vas jamais y arriver. Il veut t'empêcher d'atteindre la meilleure version de toi-même. Mais toi tu vaux mieux que ça. Tu es un spartiate !

Les 4 minutes qui vont transformer votre vie
H5 Motivation, 2019
https://www.youtube.com/watch?v=DWw7alL8FPo

Mets les gants, pousse la fonte, travaille ton cardio, apprends la survie, apprends à manier un calibre ! Toutes ces facultés te permettront de protéger ceux qui comptent pour toi. Elles te permettront aussi de ne plus te laisser soumettre par la peur ou la faiblesse.

Sois un guerrier ! Pourquoi être fort ?
Azurr La Meute, 2021
https://www.youtube.com/watch?v=8VBJFQXZ4To

Retrouve ton esprit guerrier. Ton pire ennemi, il est dans ton miroir.

Motivation avant entrainement : retrouve ton esprit guerrier !
JamCore, 2021
https://www.youtube.com/watch?v=iAeYuOcQ-Ik

POLITISER

COURAGE

MAINTENANT QUE TU ES FORT ET LIBRE, DÉCHAÎNE TA SAUVAGERIE, SANS TE POSER TROP DE QUESTIONS

Positionne toi face au mannequin

Projette sur lui tout ce que tu n'aimes pas

Déchaîne tes coups sans retenue

N'oublie pas de t'inventer des justifications a posteriori

La raison du plus fort est toujours la meilleure

Tu n'as pas d'excuses – Meilleure vidéo de motivation
Revality, 2020
https://www.youtube.com/watch?v=exuBsS8Ttao

Je suis un guerrier (Instant motivation)
Instant Motivation, 2019
https://www.youtube.com/watch?v=Bwnbth5dMWU

Les 4 minutes qui vont transformer votre vie
H5 Motivation, 2019
https://www.youtube.com/watch?v=DWw7alL8FPo

Motivation : le mental du guerrier ; Soldat des ambitions
Puissante Motivation, 2020
https://www.youtube.com/watch?v=h_oUzKxvk04

Le mental de guerrier : comment ne jamais abandonner !
Evolution Factory, 2017
https://www.youtube.com/watch?v=MwUcd4Vgm2g

Sois un guerrier ! Pourquoi être fort ?
Azurr La Meute, 2021
https://www.youtube.com/watch?v=8VBJFQXZ4To

Regarde ca quand tu n'as plus la force de te battre !
Motivaction, 2019
https://www.youtube.com/watch?v=Hp0GW9YFmHU

Je ne suis pas un survivant – Je suis un guerrier
Trillions, 2019
https://www.youtube.com/watch?v=MiHzf6l4ChI&t=1s

Vidéo motivation – Affirmations positives du guerrier
La Brigade SG, 2020
https://www.youtube.com/watch?v=HuPcnBqf-dg

La mentalité du lion – Réveille ton potentiel
Hermann Maurice
Dinamona TV, 2022
https://www.youtube.com/watch?v=3UnM-i7HIFc

Motivation avant entrai-nement : retrouve ton esprit guerrier !
JamCore, 2021
https://www.youtube.com/watch?v=iAeYuOcQ-Ik

Esprit guerrier, coeur pacifique 4K [Martial arts motivation]
Ronin – Martial production / CDRAM, 2018
https://www.youtube.com/watch?v=feRrT7TaQ1A&t=31s

Vidéo de motivation – Une âme de guerrier
Michael Cast, 2020
https://www.youtube.com/watch?v=3h70FUAgq08

Je suis un sale mâle blanc hétéro privilégié
WildMight, 2018
https://www.youtube.com/watch?v=uyeu4eG3n7o&t=3s

Je suis un cis, blanc, privilégié (chanson)
Erich Hartmann, 2019
https://www.youtube.com/watch?v=7iYkxa7VF-Q

Là où d'autres animaux voient le danger, le lion y voit des opportunités, et en bon leader tu dois avoir un mindset de gagnant. Quand tu t'engages dans quelque chose, vise la victoire, même si d'autres personnes ont ce que tu n'as pas. Prends des risques et dis-toi que quoiqu'il arrive, tu y parviendras.

La mentalité du lion – Réveille ton potentiel
Hermann Maurice Dinamona TV, 2022
https://www.youtube.com/watch?v=3UnM-i7HIFc

POLITISER

Redécouvrir, bricoler ou valoriser une forme de sauvagerie perçue comme identitaire n'est pas un acte gratuit. Outre le jeu et la catharsis, ce mécanisme peut aussi nourrir une vision binaire et conflictuelle du monde. Au XIXe siècle, tandis que les Européen·ne·s se passionnaient pour les armes primitives de leurs ancêtres – notamment le Morgenstern en Suisse – il·elle·s justifiaient l'entreprise coloniale par une mission civilisatrice destinée à éradiquer la sauvagerie des autres peuples.

D'une mise en scène à l'autre, la polarisation fait son chemin et alimente les logiques d'exclusion, où le « mauvais sauvage » devient un ennemi intérieur dont il faut se débarrasser. Un tableau de chasse présente trois cas récents où la notion de sauvagerie est politisée et instrumentalisée. Dans le prolongement, des œuvres de l'artiste Renato Garza Cervera questionnent les mises en scène de la sauvagerie contemporaine et ébranle le·la citoyen·ne du monde dans son rôle de complice ou de voyeur·se.

La bataille de Morgarten
Charles L'Eplattenier, 1919-1946
Salle d'Armes, Mur Ouest,
Château de Colombier
Huile et additifs spatulés sur
toile marouflée sur le mur
354 x 350 cm
Fragment
Photo : Prune Simon-Vermot

La bataille de Morgarten du peintre neuchâtelois Charles L'Eplattenier décore l'un des quatre murs de la salle d'Armes du Château de Colombier. Dans cette œuvre patriotique de l'entre-deux-guerres mettant en scène la victoire des Confédérés sur les Autrichiens, les corps, les rochers et les arbres se mêlent. Le peintre met en scène sans fards la violence sauvage des corps à corps tels qu'il les imagine dans les combats médiévaux.

Morgenstern
Suisse, vers 1847
Bois, métal
L.: 192 cm
GB-0252
Stiftung für Kunst, Kultur und
Geschichte, Winterthur

Fléau d'armes
Suisse, avant 1700
Bois, métal
L.: 101,5 cm
GA-0070
Stiftung für Kunst, Kultur und
Geschichte, Winterthur

Masse d'armes
Suisse, XVIIe siècle
Bois, métal
L.: 85 cm
MMC 0028
Musée militaire de Colombier

Morgenstern
Suisse, 1780-1800
Bois, métal
L.: 147 cm
GB-0007
Stiftung für Kunst, Kultur und
Geschichte, Winterthur

Morgenstern (copie)
Suisse, XIXe siècle
Bois, métal
L.: 102 cm
GA-0072
Stiftung für Kunst, Kultur und
Geschichte, Winterthur

Morgenstern
Suisse, 1401-1900
Bois, métal
L.: 101,5 cm
G-0201
Stiftung für Kunst, Kultur und
Geschichte, Winterthur

Morgenstern
Suisse
Bois, métal
L.: 225 cm
MMC 0031
Musée militaire de Colombier

Morgenstern
Suisse
Bois, métal
L.: 185 cm
MMC 0032
Musée militaire de Colombier

HANNO SUBITO
L'IMMIGRAZIONE
BOSSI
GLI INDIANI NON SONO
RIUSCITI A FERMARE
L'IMMIGRAZIONE
OGGI VIVONO NELLE RISERVE
LEGA DEI TICINESI

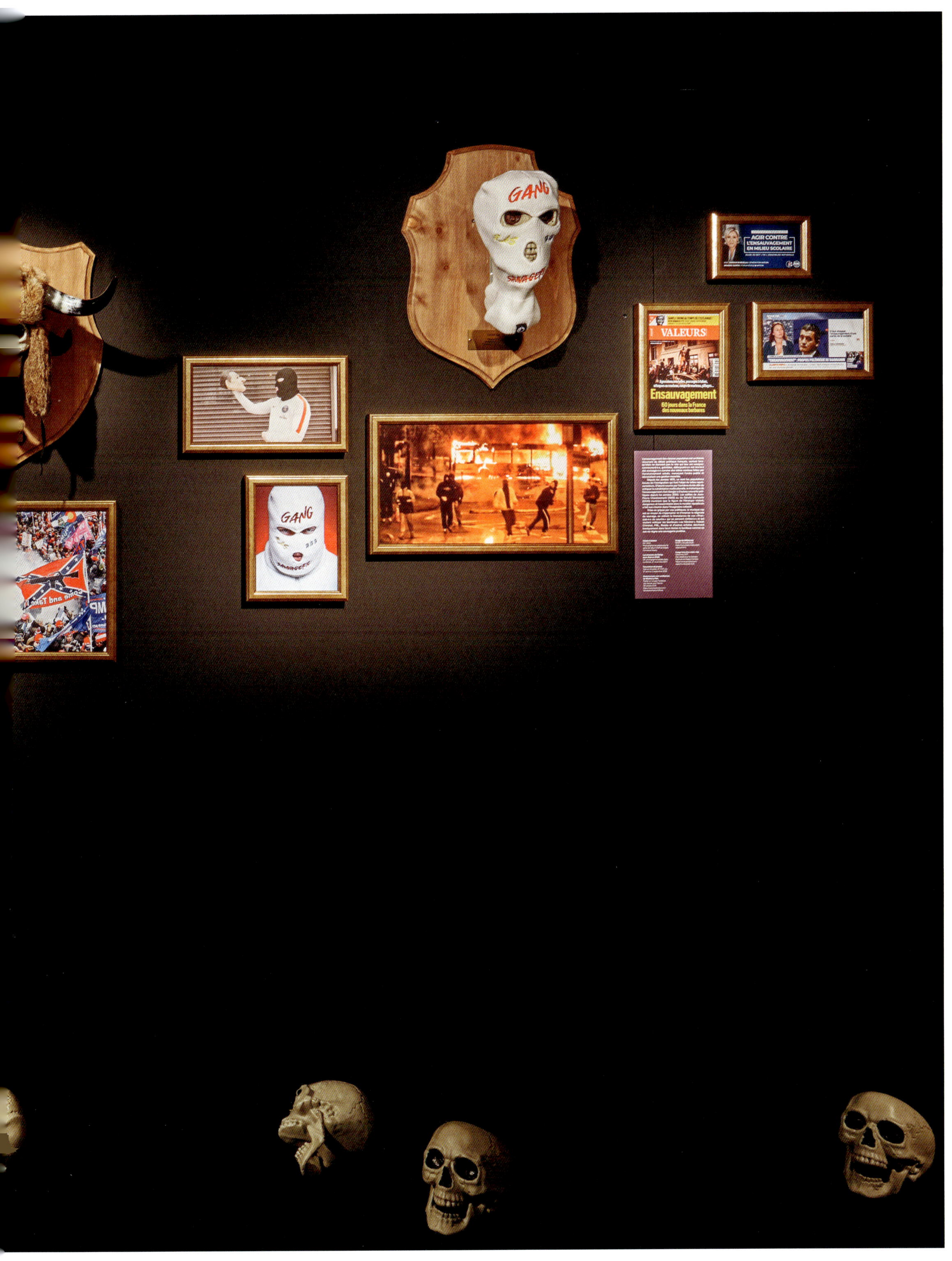
GANG
AGIR CONTRE
L'ENSAUVAGEMENT
EN MILIEU SCOLAIRE
VALEURS
Ensauvagement
60 jours dans la France
des nouveaux barbares
GANG

Parti politique italien, la Ligue du Nord réclame à l'origine l'indépendance d'une région nommée Padanie (schématiquement le nord du pays) face aux «profiteurs» du Sud et aux «corrompus» du Centre. Cette vision est nourrie par un discours ethniciste. Les Septentrionaux·ales descendraient des Celtes, contrairement aux habitant·e·s du reste de la Péninsule. Depuis les années 1990, de grands rassemblements qui exaltent cet héritage fantasmatique sont organisés. Les participant·e·s s'y mettent en scène comme des guerrier·ère·s prêt·e·s à reconquérir leur souveraineté grâce aux attributs de leurs ancêtres païen·ne·s. La figure du héros de l'indépendance écossaise William Wallace, popularisée par le film *Braveheart* (Mel Gibson, 1994), est également mobilisée. En 2008, une campagne suscite un vif débat en exploitant l'image d'Amérindiens, parqués en réserves, pour dénoncer les conséquences d'une immigration incontrôlée. Si le changement traduit un élargissement de la perspective xénophobe, le principe d'action reste identique: serrer les rangs pour affronter, arme à la main si nécessaire, un péril venant de l'extérieur.

Le politicien Mario Borghezio
Pontida, Lombardie 2011
www.imagoeconomica.it

Rassemblement de la Lega
Pontida, Lombardie, 2015
Giuseppe Cacace/AFP

Affiche électorale de la Lega Nord
Italie, 2008
Lega Nord

Affiche électorale de la Lega Ticinese
Tessin, 2008
Lega Ticinese

Casque à cornes
Bavière, 2022
Polymère, pigments
H.: 24,5 cm
MEN 22.55.1

En janvier 2021, répondant à l'appel « Be there, will be wild », les sympathisant·e·s de Donald Trump se réunissent à Washington. Galvanisé·e·s par leur candidat non élu, il·elle·s se lancent à l'assaut du Capitole. La scène témoigne d'une polarisation extrême de la société américaine, où deux camps s'ensauvagent mutuellement : d'un côté ressort l'image de brutes républicaines abreuvées de propagande haineuse et excitées de la gâchette ; de l'autre, celle de démocrates fourbes, rattaché·e·s à d'improbables réseaux visant à détruire le rêve américain. En tête des émeutier·ère·s, marche un personnage étonnant paré de tatouages wotanistes et d'une coiffe évoquant les Frontiersmen autant que les peuples amérindiens. Il se présente comme le « QAnon Shaman » et ouvre le passage à coup de gestes provocateurs, qui mettent en scène une forme de sauvagerie. Un an plus tard, la campagne « What if they were black ? » reprend le costume pour dénoncer une justice à deux vitesses, qui n'a pas infligé de sanctions très sévères aux fauteur·rice·s de trouble issu·e·s de « l'Amérique profonde ».

Assaut du Capitole
Shannon Stapleton, 6 janvier 2021
Shannon Stapleton/Reuters

Le « Chamane » se fraie un chemin
Manuel Balce Ceneta, 6 janvier 2021
AP Photo/Manuel Balce Ceneta

Militant de la campagne « What if they were black ? »
Emilio Diaz, janvier 2022
Emilio Diaz/Courageous Conversation Global Foundation

Coiffe à cornes
Chicago, 2022
Bois, poils
L.: 50 cm
MEN 22.54.1

L'ensauvagement des classes populaires est un thème récurrent du débat politique français, surtout lorsqu'elles ne tiennent pas le rôle qui leur est assigné: communard·e·s, grévistes, délinquant·e·s ont tou·te·s été envisagé·e·s comme des bêtes rendues folles par l'environnement urbain, menaçant l'ordre public et nécessitant une gestion musclée. Depuis les années 1970, ce sont les populations issues de l'immigration qui font l'objet de telles représentations. D'abord nourrie par l'extrême droite afin de critiquer la cohabitation multiculturelle, la rhétorique de l'ensauvagement s'est élargie à d'autres courants politiques depuis les années 2000. Les saillies de Jean-Pierre Chevènement (1999) ou de Gérald Darmanin (2020) montrent que la figure de l'étranger violent, dangereux et inassimilable dans le modèle républicain a fait son chemin dans l'imaginaire collectif. Prise en grippe par ces politiques, la musique rap est un moyen de s'approprier et d'inverser le stigmate du sauvage, en raillant la bienséance de ces «Français·e·s de souche» qui se pensent civilisé·e·s et qui veulent nettoyer les banlieues «au Kärcher». Kalash Criminel, PNL, Booba et d'autres artistes décrivent ironiquement dans leurs textes la banlieue comme un zoo où règne une sauvagerie positive.

Kalash Criminel
NiT, 2022
Photographie de presse pour la sortie de l'album SVR de Kalash Criminel et Kaaris

Les émeutes de Clichy-sous-Bois en 2005
DR, photographie publiée dans Le Monde, 27 novembre 2007

Annonce pour une conférence de Marine Le Pen
Publié sur la page Facebook Les Jeunes avec Marine
28 octobre 2018
https://www.facebook.com/GenerationNationOfficiel

Couverture du journal *Valeurs Actuelles*
n° 4370, du 27 août au 2 septembre 2020

Image de téléjournal
BFMTV, 25 juillet 2020
https://www.dailymotion.com/video/x7v7n7i

Cagoule
États-Unis, 2015
Synthétique
L.: 35 cm
Collection Toni Stoeber

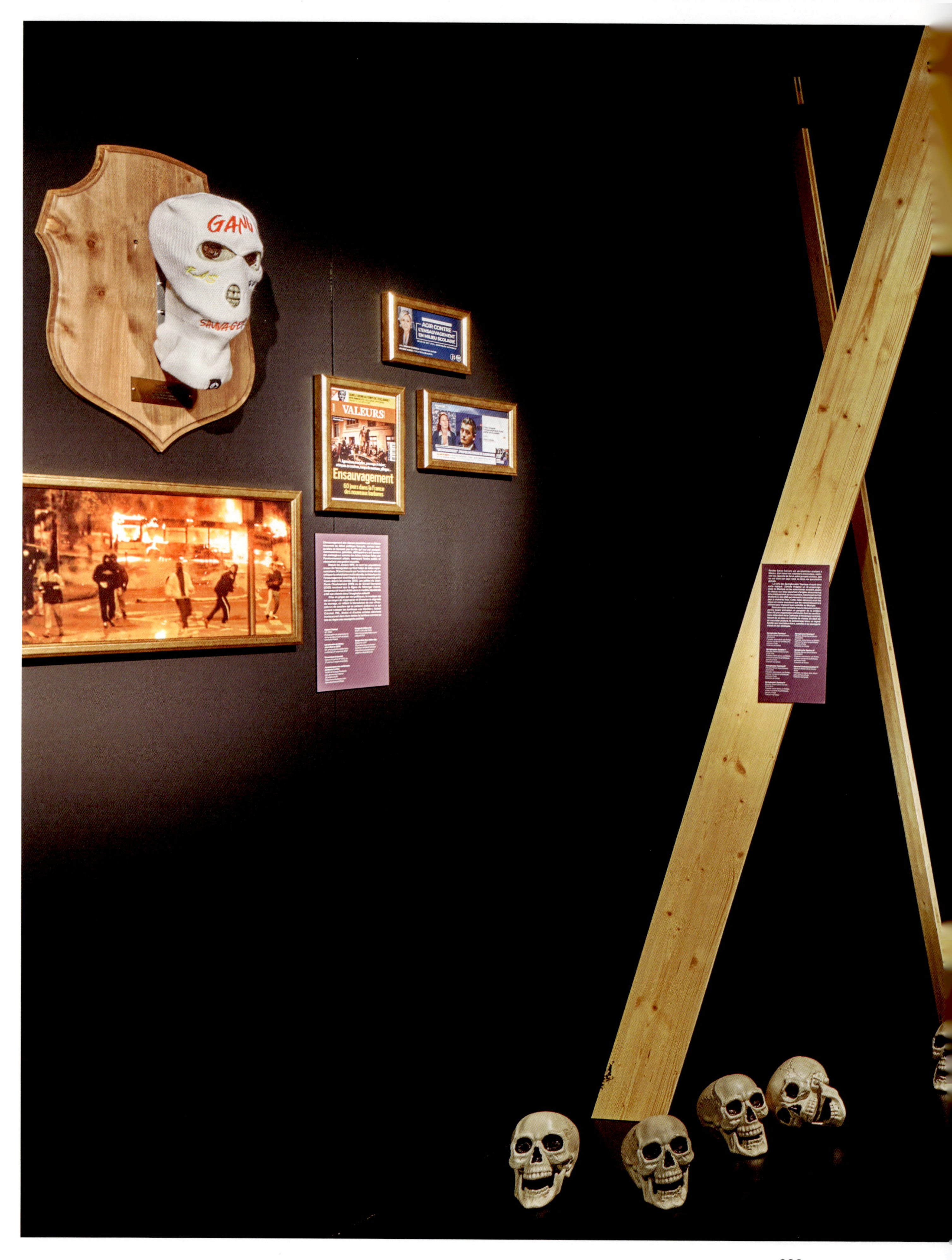
AGIR CONTRE
L'ENSAUVAGEMENT
EN MILIEU SCOLAIRE
VALEURS
Ensauvagement
60 jours dans la France
des nouveaux barbares

barrio
18

Renato Garza Cervera est un plasticien résidant à Mexico. Son travail est volontiers provocateur, explorant les rapports de force entre groupes sociaux, que ce soit dans son pays natal ou dans une perspective globale. La série des *Springbreaker Tsantsas* s'inscrit dans cette logique. L'artiste imagine un réensauvagement du Mexique où les autochtones auraient adopté la chasse aux têtes (pourtant d'origine amazonienne) et la pratiqueraient sur les touristes, notamment sur les étudiant·e·s des USA qui viennent s'encanailler dans le pays à moindres frais. Cette vision dénonce aussi les mises en scène macabres que les narcotrafiquant·e·s utilisent pour imposer leurs activités au Mexique. Dans une veine similaire, l'œuvre *Genuine Contemporary Beast VI* animalise un gangster de la célèbre Mara 18 (une organisation criminelle dont les ramifications s'étendent de la Californie à l'Amérique centrale), faisant de sa peau un trophée de chasse. En dépit de sa mauvaise posture, le personnage lance un regard hostile aux spectateur·rice·s, comme si sa sauvagerie n'était en rien diminuée.

Page précédente

Genuine Contemporary Beast VI
Mexique, Renato Garza Cervera
2009
Polyester, cuir, laque, verre, crayon gras, peinture à l'huile
H.: 210 cm
Collection de l'artiste

Springbreaker Tsantsas I
Mexique, Renato Garza Cervera
2009-2010
Polyester, résine époxy, car
Shellac, cheveux humains et syn-
thétiques, peinture à l'huile
H.: 25 cm
Collection de l'artiste

Springbreaker Tsantsas II
Mexique, Renato Garza Cervera
2009-2010
Polyester, résine époxy, car
Shellac, cheveux humains et syn-
thétiques, peinture à l'huile
H.: 10 cm
Collection de l'artiste

Springbreaker Tsantsas III
Mexique, Renato Garza Cervera
2009-2010
Polyester, résine époxy, car
Shellac, cheveux humains et syn-
thétiques, peinture à l'huile
H.: 13 cm
Collection de l'artiste

Springbreaker Tsantsas IV
Mexique, Renato Garza Cervera
2009-2010
Polyester, résine époxy, car
Shellac, cheveux humains et syn-
thétiques, peinture à l'huile
H.: 18 cm
Collection de l'artiste

Springbreaker Tsantsas V
Mexique, Renato Garza Cervera
2009-2010
Polyester, résine époxy, car
Shellac, cheveux humains et syn-
thétiques, peinture à l'huile
H.: 10 cm
Collection de l'artiste

Springbreaker Tsantsas VI
Mexique, Renato Garza Cervera
2009-2010
Polyester, résine époxy, car
Shellac, cheveux humains et syn-
thétiques, peinture à l'huile
H.: 25 cm
Collection de l'artiste

EXPLORER

Si l'envie de communier avec la nature sauvage est commune en Europe, elle semble principalement vécue à travers des pratiques de loisirs. La marche en forêt en constitue un exemple typique. Depuis l'avènement de la société de loisirs, cette activité connaît un fort engouement et génère un mécanisme paradoxal : une prolifération d'itinéraires balisés à caractères botanique, animalier, historique, folklorique ou sportif. Les bois tant idéalisés se couvrent de panneaux et se transforment en terrains de jeux didactiques. Un lien inattendu s'établit entre volonté de connaître, souci de partage et logique de contrôle.

Sur ce chemin tortueux, une série de panneaux interroge le besoin de comprendre et d'expliciter sur un modèle scientiste. Une autre série bascule vers une logique d'interdiction, prolongement paradoxal des injonctions qui poussent les masses à retrouver le sauvage. Le mécanisme illustre ce que l'anthropologue Charles Stépanoff (2021) nomme *exploitection*, soit une tension permanente et caractéristique de la pensée moderne entre exploitation et protection de la nature.

Les Mosses de la Rogivue
LES BOIS ET LES CORNES
Chalet Amis de la Nature
La Serment 550 m
CHEMIN DES BLAIREAUX
Les Maisons Rouges
Le Prado
1,2 km

Pierre des Sauvages
Bitte nicht
betreten !

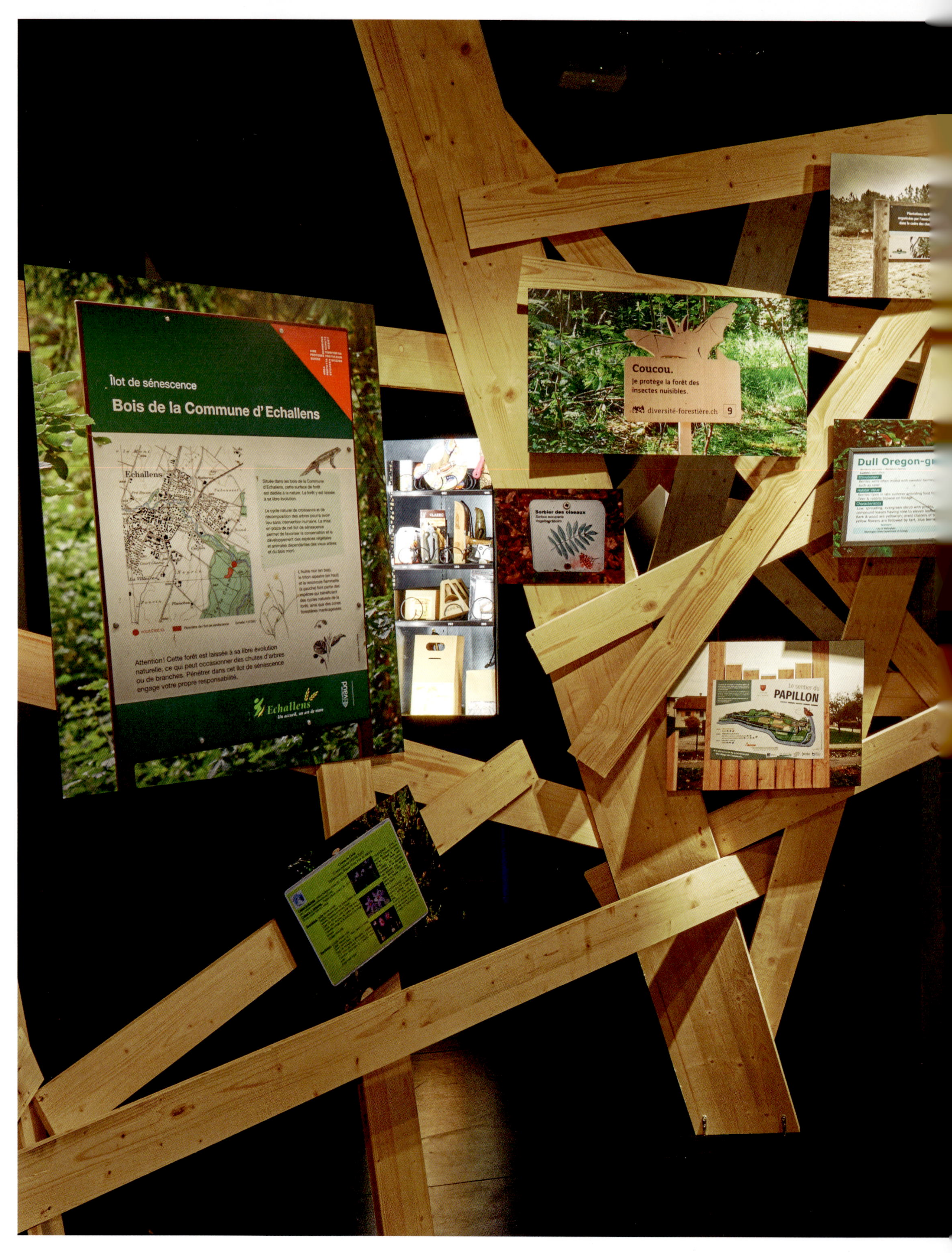
Îlot de sénescence
Bois de la Commune d'Echallens
Echallens
Attention! Cette forêt est laissée à sa libre évolution naturelle, ce qui peut occasionner des chutes d'arbres ou de branches. Pénétrer dans cet îlot de sénescence engage votre propre responsabilité.
Echallens
Un accord, un art de vivre
Coucou.
Je protège la forêt des insectes nuisibles.
diversité-forestière.ch
9
Sorbier des oiseaux
Dull Oregon-gr
Le sentier du
PAPILLON

Les Mosses de la Rogivue
LES BOIS ET LES CORNES

WILD
RUHE
ZONE
Bitte nicht
betreten !

Feeding Wildlife is Illegal
A Fed Bear Is A Dead Bear
BCParks
ATTENTION
DRONES NOT PERMITTED IN THE PARK
CUEILLETTE
DE CHAMPIGNONS
INTERDITE

CONSERVER

Toujours sur le principe du glissement, la dernière étape de ce parcours questionne plus avant les relations entre respect et contrôle de la nature sauvage.

Empruntant au registre de la science-fiction, un cube en métal pousse à l'extrême la notion de conservation-forteresse en vigueur dans les parcs nationaux depuis plus de 100 ans et qui repose sur l'idée que la nature – en tant que système fixe – doit être préservée de tout dérèglement externe. Dans cette vision futuriste, le sanctuaire n'est accessible que par le biais d'interfaces techniques scrupuleusement gérées par des expert·e·s. En l'occurrence, les écrans offrent plutôt matière à questionner cette logique, de même que les photographies à l'arrière-plan. Ces dernières illustrent les « réfugié·e·s de la conservation », des groupes humains chassés de leur habitat au nom de l'intérêt supérieur accordé à certaines plantes et à certains animaux sauvages.

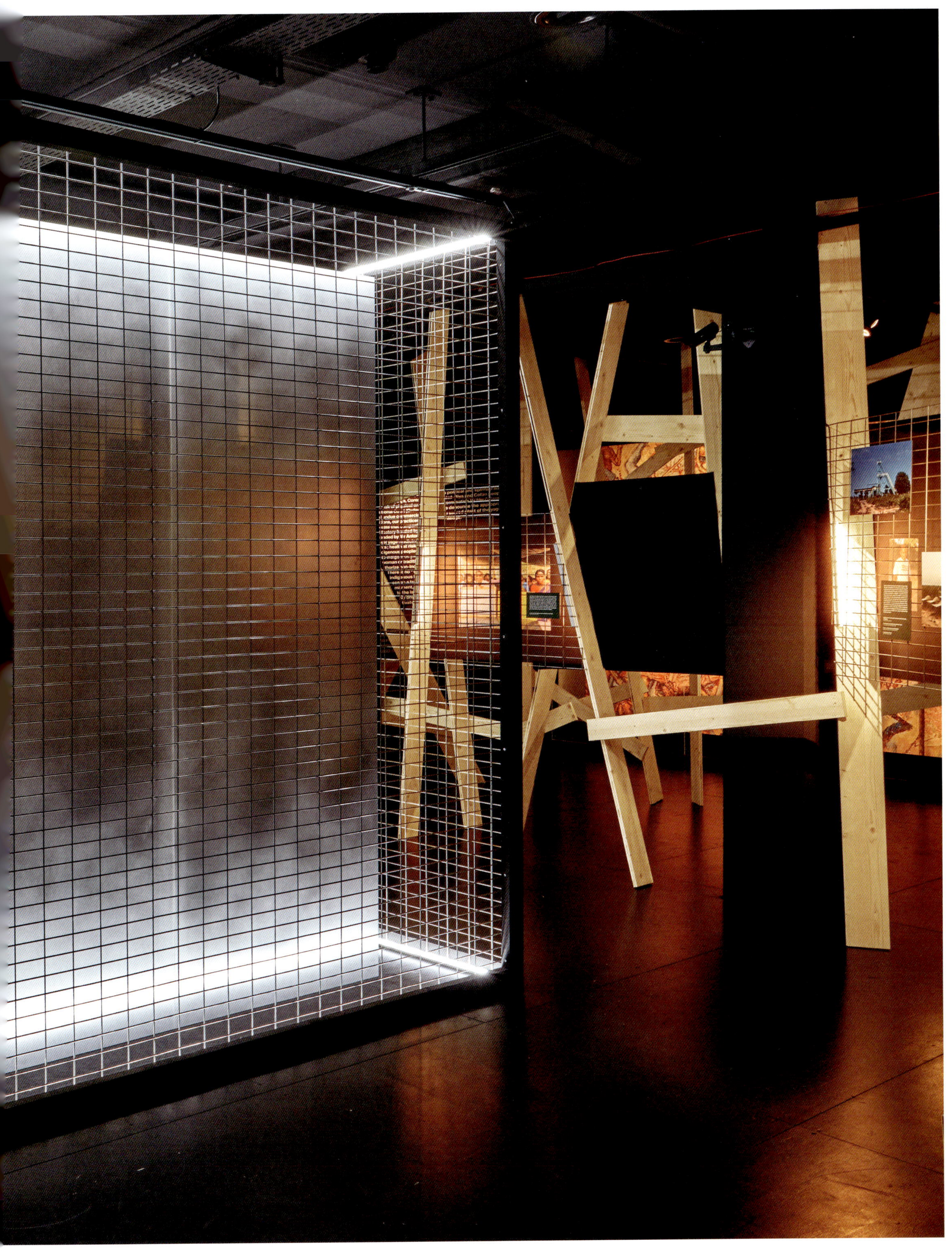

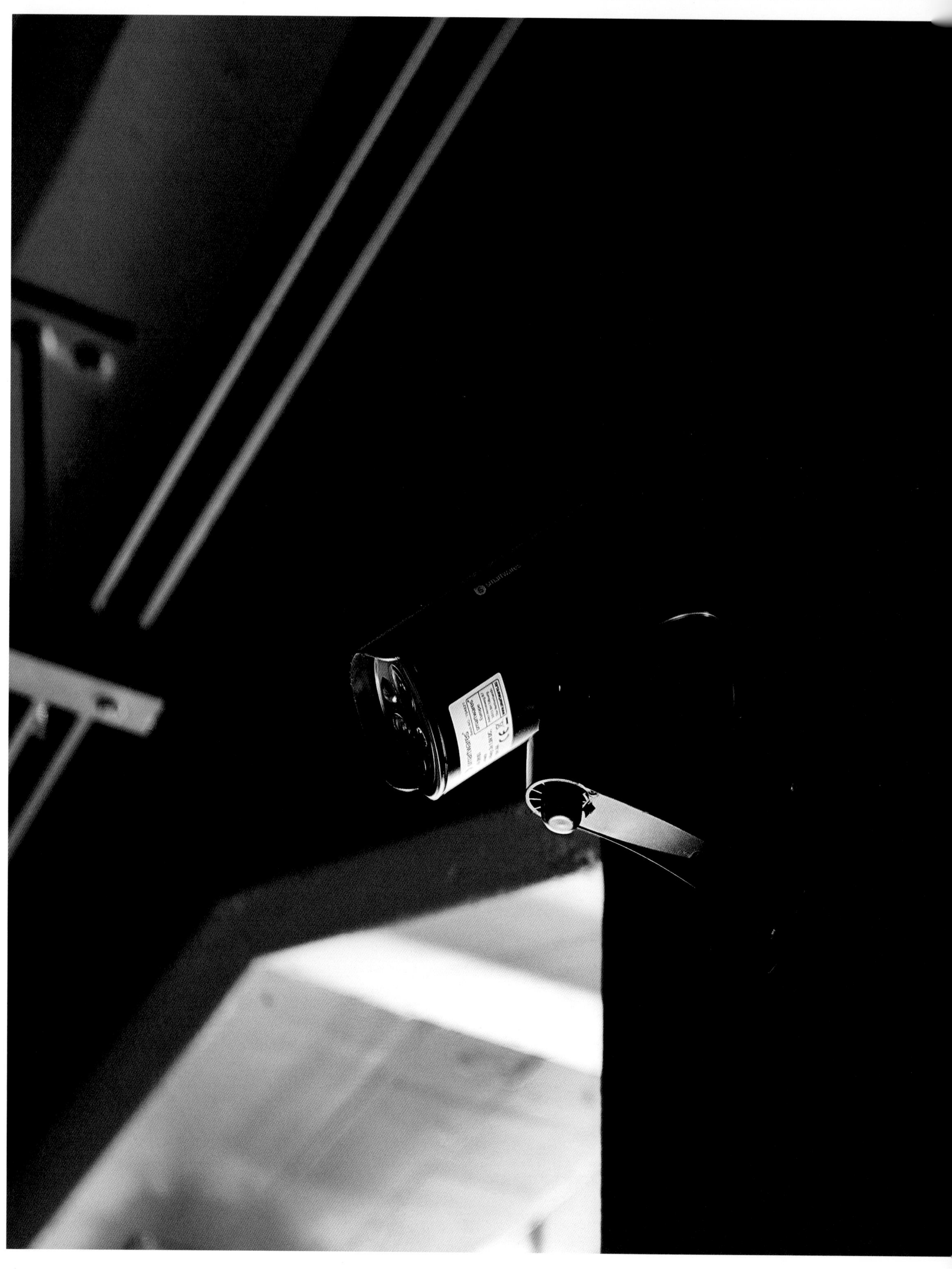

smartwares
smartwares
CDM-38103
Camera
Battery: 3x 1.5V DC
type: AA

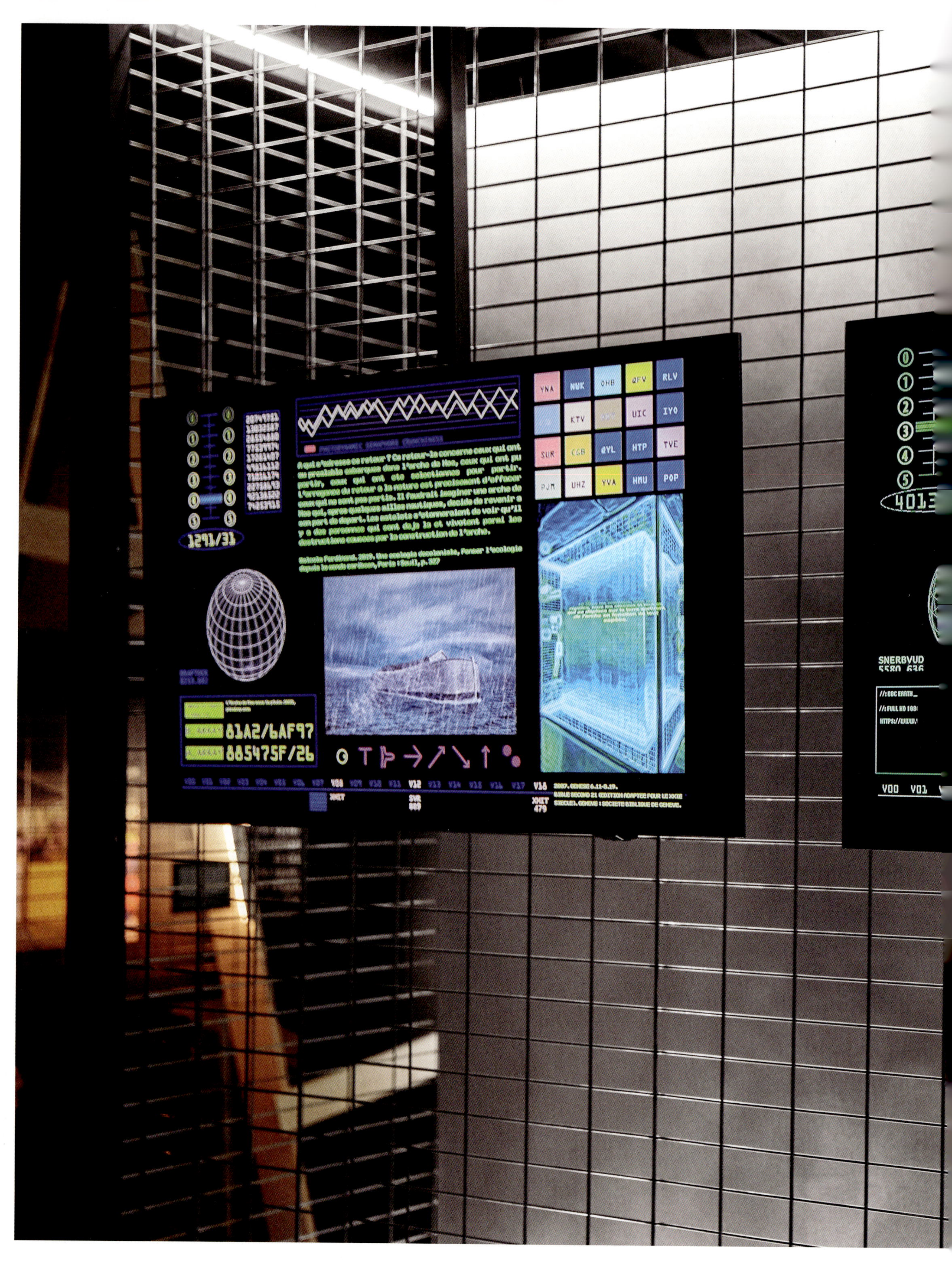
YNA NUK OHB QFV RLV
KTV UIC IYO
SUR CGB QYL HTP TVE
PJM UHZ YVA HMU POP
A qui s'adresse ce retour ? Ce retour-la concerne ceux qui ont
au prealable embarques dans l'arche de Noe, ceux qui ont pu
partir, ceux qui ont ete selectionnes pour partir.
L'arrogance du retour a la nature est precisement d'effacer
ceux qui ne sont pas partis. Il faudrait imaginer une arche de
Noe qui, apres quelques milles nautiques, decide de revenir a
son port de depart. Les matelots s'etonneraient de voir qu'il
y a des personnes qui sont deja la et vivotent parmi les
destructions causees par la construction de l'arche.
1291/31
61A2/6AF97
885475F/26
4013
SNERBVUD
//:BBC EARTH_
V00 V01

BENEFICIAL GOOSEBERRY INTERPRETATION
CONNUBIAL GEYSER DISPERSAL
1013/AC
Z I Y S F L A K
YNA NWK OHB QFV RLV
FHL KTV ODT UIC IYO
SUR CGB QYL HTP TVE
PJM UHZ YVA HMU POP
La coexistence de postures si différentes nous empêche d'interpréter cette fascination collective pour ours, loups,
V04 V05 V06 V07 V08 V09 V10 V11 V12 V13 V14 V15 V16 V17 V18 V19 V20 V21 V22 V23 V24
OFF-LINE
CALL 403
REQ FD9
XMIT
CALL
DEV
XMIT ASC

À l'embouchure de la Menthue, cinq cabanes de pêcheur·euse·s en bois sont aujourd'hui condamnées à être rasées. Situées sur une parcelle appartenant au canton de Vaud, elles se trouvent en effet dans le périmètre de la réserve naturelle de la baie d'Yvonand, faisant partie de l'ensemble de la Grande Cariçaie sur la rive sud du lac de Neuchâtel, un patrimoine naturel et paysager reconnu d'importance nationale. Une association s'est constituée en 2021 pour tenter de sauvegarder in extremis les vestiges de ce petit village de pêcheur·euse·s, témoignage d'une activité artisanale florissante durant l'après-guerre et l'un des seuls conservés en Suisse romande. Dans une des bâtisses, le dernier pêcheur du village fume encore régulièrement ses poissons. Les opposant·e·s à la destruction considèrent qu'il est possible de concilier à la fois la préservation de l'environnement et la préservation d'un patrimoine historique, qu'il·elle·s mettent en scène dans des expositions de photographies pour sensibiliser les passant·e·s. Cette situation locale interroge sur la cohabitation des activités humaines et la constitution de zones réservées à la vie sauvage.

Le village de pêcheurs d'Yvonand
Grégoire Mayor, mai 2022

Exposition de photographies anciennes témoignant
de l'activité passée du village
Grégoire Mayor, mai 2022

L'embouchure de la Menthue
Grégoire Mayor, mai 2022

Projet porté par le WWF et paradoxalement financé par des compagnies d'exploitation forestière, dont certaines sont productrices d'huile de palme, l'aire protégée de Messok Dja menace selon l'organisation Survival International les populations du bassin du fleuve Congo, notamment les Baka. Décrits comme des braconnier·ère·s, des membres de ce groupe sont souvent battus, torturés ou tués par les gardes forestier·ère·s. Expulsé·e·s et cantonné·e·s à des camps en périphérie de l'aire protégée depuis 2008, il·elle·s n'ont plus accès à la forêt et ne peuvent plus pratiquer leurs activités de chasse et de cueillette traditionnelles. En 2020, la Commission européenne et le Programme des Nations Unies pour le Développement (PNUD) ont cessé leur participation financière au projet suite à la parution de rapports incriminant le WWF.

Des bulldozers s'avancent pour élargir une route dans l'un de parcs nationaux du Cameroun
Survival International, 2013

Des personnes des communautés locales militent contre le projet du parc
Survival International, 2019

PARC NATIONAL DE NKI
CATERPILLAR
LES COMMU
NON
PARC

Au milieu des tigres qui font le succès de la réserve de Nagarhole en Inde, vivent les Jenu Kuruba (« cueilleurs de miel »). Une grande partie de cette population a été invitée dans les années 1970 à se « relocaliser volontairement » par l'antenne indienne de Wildlife Conservation Society. D'après l'ONG Survival International, ces mouvements étaient forcés et illégaux. D'autres Jenu Kuruba resté·e·s sur place s'opposent aujourd'hui à un nouveau projet financé par une institution américaine de conservation et qui encourage leur départ.

Les Jenu Kuruba protestent contre le département des forêts
Survival International, 2021

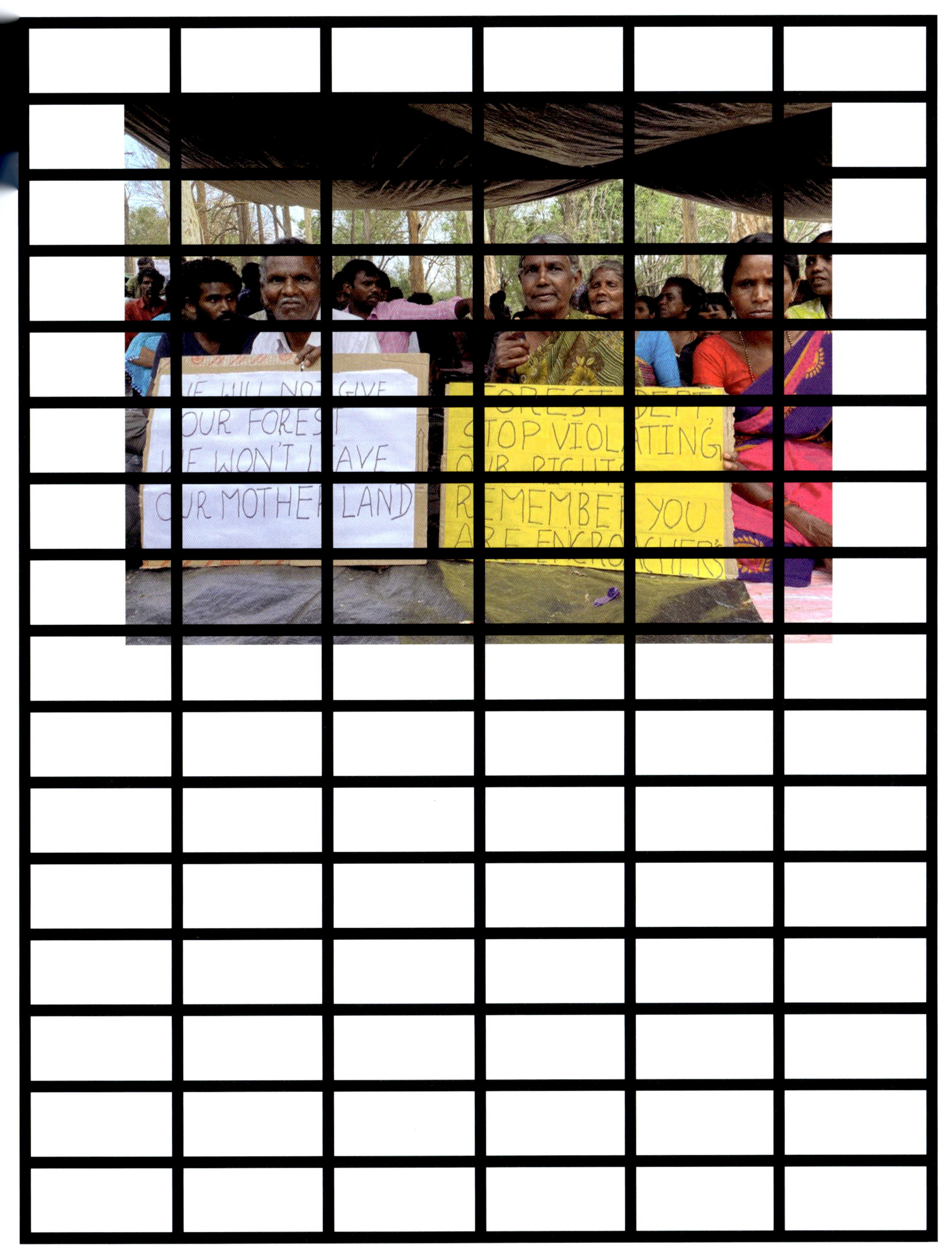
OUR FOREST
OUR MOTHER LAND
STOP VIOLATING
REMEMBER YOU

Dans la réserve de chasse du Kalahari Central, l'éviction des « populations de chasseurs-cueilleurs » San par le gouvernement a débuté en 1997 au motif de braconnage. Peu après, la société diamantaire De Beers commence à exploiter un gisement situé à Gope, dans le parc naturel. Elle établit un camp pour ses employé·e·s et des infrastructures minières sur un territoire sacré pour les Tsila. Ceux·elles-ci ont été expulsé·e·s avant de pouvoir finalement réintégrer la réserve. La communauté Khwe, qui souffre d'une grande pauvreté depuis les mesures d'expulsion, a de son côté fondé TEKOA (Traditionnal Environnment knowledge and Outreach Academy), un programme pour valoriser son « savoir traditionnel de l'environnement ».

Puits d'essai de la société diamantaire De Beers à Gope
Fiona Watson/Survival International, 1999

Bushmen dans le camp d'expulsion du gouvernement de New Xade, au Botswana
Survival International, 2014

Sonner, un militant San du nord de la Namibie
Rebecca Spooner/Survival International, 2007

Camp temporaire à Gope
Survival International, 2007

HUNTERS
Tribal People
are the Best
Conservationist

La recherche de Guillaume Blanc sur le parc du Simien en Éthiopie dénonce une forme de «colonialisme vert» prenant racine à la fin du XIXe siècle. Érigé en symbole de l'Éden africain par les institutions internationales de protection de la nature (elles-mêmes fondées par d'anciens administrateurs coloniaux), le parc a peu à peu été vidé de ses habitant·e·s. Leurs pratiques agropastorales étaient jugées néfastes pour la faune, devenue par ailleurs une attraction touristique. L'État éthiopien profite également de l'intérêt porté à son patrimoine naturel pour se faire entendre sur la scène internationale. En 2016, les écogardes expulsent du parc les 2508 villageois·e·s de Gich et leurs voisin·e·s désossent leurs maisons pour se fournir en bois. Les clichés de Guillaume Blanc montrent leur relocalisation en périphérie, à Debark, où la plupart sont désormais au chômage. Cette action a contribué à sortir le parc de la liste du patrimoine mondial en péril pour le faire revenir dans celle du patrimoine mondial de l'UNESCO.

Debark
Guillaume Blanc, 2019

Route Debark-Sankaber (Simien)
Guillaume Blanc, 2010

Village de Gich (Simien)
Guillaume Blanc, 2013

Plateau de Gich (Simien)
Guillaume Blanc, 2013

Ville de Debark, porte d'entrée
du parc du Simien
Guillaume Blanc, 2010

Village de Gich après le déplacement
des habitant·e·s
Guillaume Blanc, 2019

SIMEN Mts NATIONAL PARK
36 KMS Hqs SANKABER
GET PRIOR PERMISSION AT
DEBARK PARK OFFICE

Les paysages de la globalisation sont aujourd'hui jonchés de ce type de ruine. Pourtant, ces lieux peuvent encore être vivants malgré l'annonce de leur mort : les champs de monoculture qui sont abandonnes peuvent parfois accueillir une nouvelle vie multispécifique et multiculturelle. Dans la situation globale de précarité qui est la nôtre, nous n'avons pas d'autre choix que de chercher la vie dans ces ruines.

Anna Lowenhaupt Tsing, 2017 [2015], *Le champignon de la fin du monde. Sur la possibilité de vivre dans les ruines du capitalisme.* Paris : La Découverte, p. 38

On ne se libère pas du deni et du refoulement en serrant les dents ou en tentant de se comporter en citoyens plus courageux. On ne recouvre pas sa passion pour la vie, sa créativité innée et sauvage, en s'autoflagellant ou en s'endurcissant. Ce modèle de comportement héroïque appartient à la vision du monde qui a abouti à la Société de croissance exponentielle.

Joanna Macy et Moll Young Brown, 2021, *Ecopsychologie pratique et rituels pour la terre.* Gap : Le souffle d'or, p. 48

Accepter que les milieux naturels ont aussi une histoire, au sens linéaire de ce terme, et ne sont pas une toile de fond immuable – quand bien même elle changerait de couleur avec la succession des saisons – mais que l'évolution et l'écologie sont faites d'accidents, de ruptures, d'irréversibilités, cela me semble être essentiel pour penser des modalités fécondes de ré-ensauvagement. Il n'y a pas de retour en arrière possible, le retour du sauvage ne prendra jamais la figure d'une « dé-domestication », les espèces comme les milieux sont le fruit de leur histoire.

Virginie Maris et Rémi Beau, 2021, « Le retour du sauvage - Une question de nature et de temps ». *Revue forestière française,* Vol. 73/2-3, p. 289

Les paysages de la globalisation sont aujourd'hui jonchés de ce type de ruine. Pourtant, ces lieux peuvent encore être vivants malgré l'annonce de leur mort : les champs de monoculture qui sont abandonnés peuvent parfois accueillir une nouvelle vie multispécifique et multiculturelle. Dans la situation globale de précarité qui est la nôtre, nous n'avons pas d'autre choix que de chercher la vie dans ces ruines.

Anna Lowenhaupt Tsing, 2017 [2015], *Le champignon de la fin du monde. Sur la possibilité de vivre dans les ruines du capitalisme.* Paris : La Découverte, p. 38

En tant que créatures mortelles, une façon de bien vivre et de bien mourir dans le Chthulucène consiste à unir ses forces pour reconstituer les refuges, pour rendre possible un rétablissement partiel et robuste, une recomposition biologico-politico-technologico-culturelle apte à inclure le deuil des pertes irréversibles.

Donna Haraway, 2016 [2015], « Anthropocène, Capitalocène, Plantationocène, Chthulucène. Faire des parents ». *Multitudes*, Vol. 4/65, p. 78

A l'heure où de plus en plus de personnes, notamment dans les jeunes générations, s'interrogent sur la délégation des tâches et souhaitent reprendre en main les conditions de leur survie, il appartient à l'anthropologie d'illustrer la multiplicité des formes de vie résistant à cette alternative : ni protéger le vivant, ni l'exploiter, mais en faire un lieu de vie, habiter le vivant et s'en nourrir, dans une relation d'incorporation consubstantielle, qui n'est pas univoque et purifiée, mais composite et trouble.

Charles Stépanoff, 2021, *L'animal et la mort. Chasses, modernité et crise du sauvage.* Paris : La Découverte, p. 378

Le temps est venu pour de nouvelles manières de raconter de vraies histoires au-delà des principes de la civilisation. Débarrassées de l'Homme et de la Nature, toutes les créatures peuvent renaître à la vie, et les hommes et les femmes peuvent s'exprimer sans être enfermés dans les limites d'une rationalité imaginée étroitement.

Anna Lowenhaupt Tsing, 2017 [2015], *Le champignon de la fin du monde. Sur la possibilité de vivre dans les ruines du capitalisme.* Paris : La Découverte, p. 21

HABITER LES RUINES

Au-delà des scénarios qui dessinent un univers de plus en plus technique, juridique ou conflictuel, de nouveaux espaces sociaux apparaissent. Dans un lieu qui mélange friche industrielle et campement alternatif, quatre artistes sont invité·e·s. Leurs travaux interrogent les vieilles dichotomies fondatrices de la modernité (sauvage-domestique, nature-culture, humain-animal, soi-autre), rebattent les cartes et esquissent de nouvelles perspectives.

Avec leurs actions radicales et créatrices, les militant·e·s de la ZAD du Mormont photographié·e·s par Nora Rupp réinventent le rapport à la nature et à la protection de l'environnement, le rapport à la vie collective et à la propriété, ainsi que le rapport au genre. Inscrit dans la mouvance Urbex, le photographe Jonk réenchante les ruines et esquisse un nouvel équilibre nature-culture. Les cueilleur·euse·s de champignons saisi·e·s par Olivier Matthon en Oregon mènent une vie au grand air, dans des forêts qui n'ont pourtant rien de vierge. Paradoxalement, ce sont les ravages humains (coupes) ou naturels (incendies) qui favorisent la pousse des précieux fungi. L'espace est gardé par les créatures hybrides de l'artiste Benoît Huot, qui incorporent le sauvage et repoussent les limites interespèces.

RUINEN BEWOHNEN

Neben den Szenarien, die eine immer technischere, juristischere oder konfliktgeladenere Umgebung zeichnen, entstehen neue gesellschaftliche Räume. Vier KünstlerInnen sind Gast in einem Raum aus einer Mischung von Industriebrache und alternativem Camp. Ihre Arbeiten hinterfragen die Gegensätzlichkeit, die der modernen Zeit zugrunde liegen (wild-gezähmt, Natur-Kultur, Mensch-Tier, Ich-andere), mischen die Karten neu und entwerfen neue Perspektiven.

Mit ihren radikalen und kreativen Aktionen leben die AktivistInnen der ZAD von Mormont, die von Nora Rupp fotografiert wurden, das Verhältnis zu Natur und Umweltschutz, zum Leben in Gemeinschaft und Eigentum sowie zur Genderfrage in neuer Form. Der Fotograf Jonk, Teil der Urbex-Bewegung, entwirft mit Bildern von verzaubernden Ruinen ein neues Gleichgewicht zwischen Natur und Kultur. Die von Olivier Matthon dokumentierten PilzsammlerInnen in Oregon leben zwar an der frischen Luft, doch die Wälder haben ihren urwüchsigen Charakter verloren. Paradoxerweise sind es menschliche oder natürliche Verwüstungen (Abholzung oder Brände), die das Wachstum der wertvollen Pilze fördern. Der Ausstellungsraum wird von den hybriden, das Wilde verkörpernden Kreaturen von Benoît Huot bewacht, die die Grenzen zwischen den Arten verschieben.

INHABITING THE RUINS

Beyond those scenarios drawing up an ever more technical, legal or conflictual world, new social spaces are emerging. In a set mixing industrial wasteland and alternative camping grounds, four artists have been invited. Their works question old dichotomies in the foundations of modernism (wild-domestic, nature-culture, human-animal, the self and the other), remixing the cards and sketching out new perspectives.

With their radical and creative actions, the militants of the Mormont ZAD, photographed here by Nora Rupp, reinvent our relation to nature and to the protection of the environment, our relation to collective life and to property, as well as our relation to gender. Belonging to the Urbex movement, the photographer Jonk re-enchants the ruins, sketching out a new balance between nature and culture. The mushroom collectors photographed by Olivier Matthon in Oregon lead their lives in the outdoors, in the forests that are not exempt of human intervention gin. Paradoxically, it is human ravages (the cutting) or natural ones (fires) that favor the growth of these precious fungi. The space is guarded by hybrid creatures by the artist Benoît Huot: these incorporate the wilderness and fend off interspecies limits.

Nora Rupp est une photographe indépendante lausannoise. En octobre 2020, elle part à la rencontre des habitant·e·s de la première ZAD de Suisse, installée sur la colline du Mormont pour lutter contre l'extension de la carrière d'une grande entreprise de cimenterie. Dans son travail *Cabanes des possibles*, elle rend compte de la vie des activistes et de leurs expérimentations sociales qui vont au-delà d'une lutte pour la protection de l'environnement: nouveau rapport à la nature, qui est habitée plutôt que figée à la manière d'un site classé; nouveau rapport au temps, au travail et aux loisirs; nouveaux rapports aux autres et à l'organisation sociale; nouveaux rapports à l'identité, au genre, à la création et à l'engagement. En cherchant à inventer une autre manière de vivre, moins compartimentée, libérée des rapports marchands, il·elle·s contribuent aussi à rétablir une marge qui peut être qualifiée de « sauvage » face à la logique de rentabilité qui domine actuellement le champ social.

Photos de Nora Rupp présentées dans l'exposition

Cabanes des possibles
Nora Rupp, entre octobre 2020 et mars 2021
ZAD de la Colline, Eclépens

Portraits de ZADistes
Sans titre, 10 mars 2021
Sans titre, 15 mars 2021
Sans titre, 24 mars 2021
Sans titre, 27 mars 2021
Sans titre, 30 mars 2021
Sans titre, 30 mars 2021
Sans titre, 30 mars 2021
Sans titre, 30 mars 2021
Sans titre, 30 mars 2021
Sans titre, 30 mars 2021

Constructions
Sans titre, 28 février 2021
Sans titre, 28 février 2021
Sans titre 27 mars 2021

Vue de la carrière sur la colline du Mormont
Sans titre, 26 mars 2021

La fête au petit matin dans la carrière
Sans titre, 28 mars 2021

Lutte et vie communautaire
Sans titre, 27 novembre 2020
Sans titre, 4 décembre 2020
Sans titre, 5 février 2021
Sans titre, 30 mars 2021
Sans titre, 30 mars 2021
Sans titre, 30 mars 2021

Action écoféministe dans la carrière de LafargeHolcim
Sans titre, 28 mars 2021
Sans titre, 28 mars 2021
Sans titre, 28 mars 2021
Sans titre, 28 mars 2021

RABBIT
PRESS

Cabanes des possibles
Nora Rupp, entre octobre 2020 et mars 2021
ZAD de la Colline, Eclépens

Vue de la carrière sur la colline du Mormont

Sans titre, 26 mars 2021

Cabanes des possibles
Nora Rupp, entre octobre 2020 et mars 2021
ZAD de la Colline, Eclépens

La tête au petit matin dans la carrière

Sans titre, 28 mars 2021

STOP
MEGA TEUF
AVANT LA FIN DU MONDE

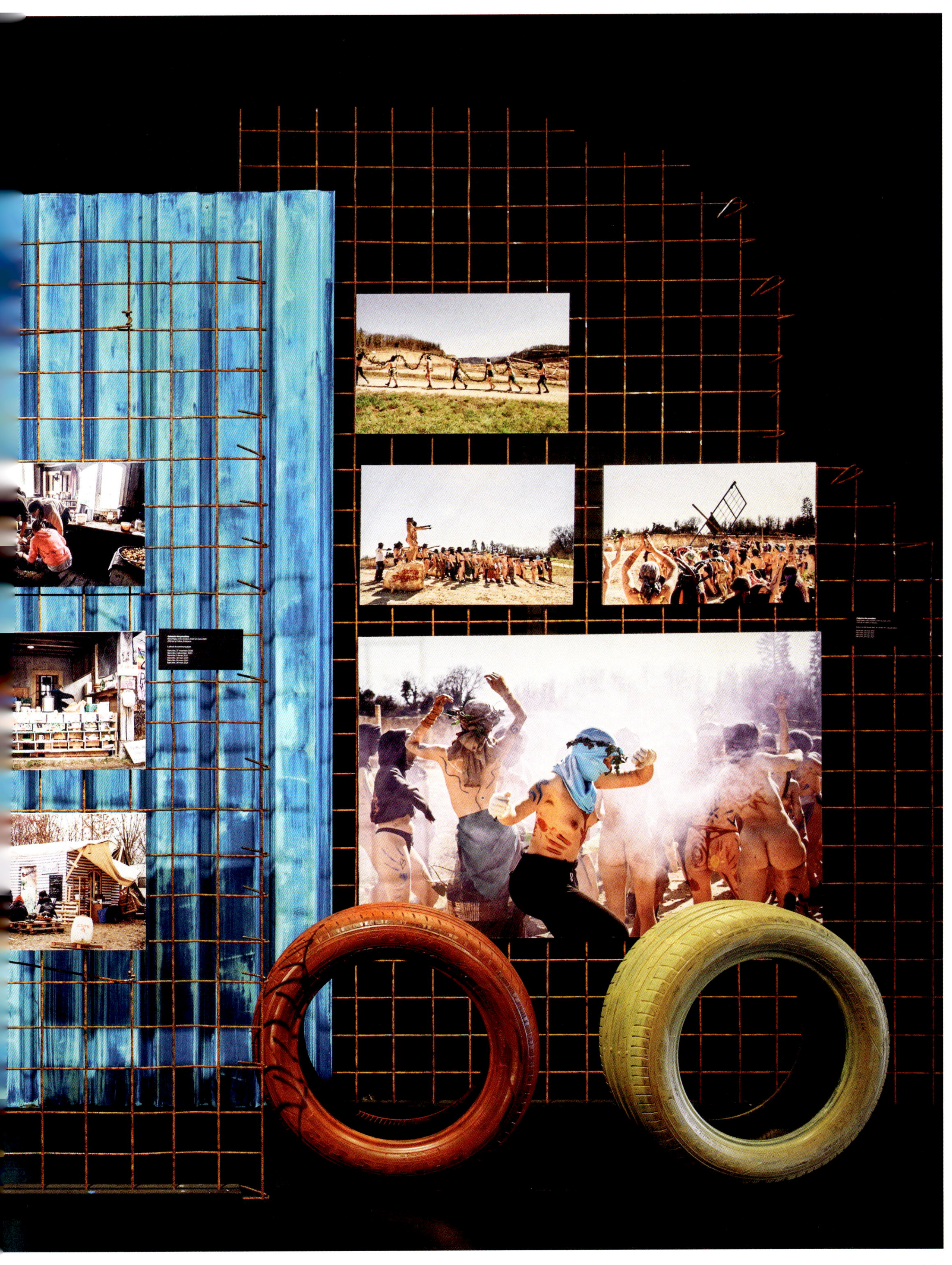

Olivier Matthon a suivi une formation en ethnologie, en sciences politiques et en littérature avant de se tourner vers la photographie et le cinéma documentaire. Les images présentées au MEN sont le résultat d'une immersion de plusieurs années parmi les cueilleur·euse·s de champignons sauvages qui récoltent les morilles de feu et les *matsutakés* dans les forêts de l'Oregon (nord-ouest des États-Unis d'Amérique). Ces espèces ont la particularité d'affectionner les biotopes malmenés, respectivement par des incendies d'origine humaine ou naturelle, ou par des coupes liées à l'exploitation forestière. La destruction apparaît ainsi non pas comme une fin mais comme la base d'un nouvel équilibre, riche d'opportunités pour qui sait les reconnaître et en tirer parti. Le travail de collecte, payé de la main à la main, attire des populations en marge de l'économie traditionnelle : vétéran·e·s, déclassé·e·s, migrant·e·s. Depuis leurs camps au fond des bois, il·elle·s sont pourtant connecté·e·s à de vastes réseaux de distribution qui amènent les champignons vers leurs consommateur·rice·s aisé·e·s. Cet exemple esquisse de nouvelles manières de penser le travail, l'habitation et le rapport à la nature.

Aloune Thepsomphou est arrivée du Laos comme réfugiée dans les années 1980. Elle cueille et achète des champignons sauvages depuis 1990. Ici dans sa station d'achat en Oregon, à la saison des *matsutakés*. Septembre 2015.

Le mennonite Mahlon Auker est venu du Minnesota en Idaho pour tenter sa chance à la récolte des morilles de feu. Juin 2017.

Francisco, Richard, Chimbat et Pasqual à la cueillette des morilles de feu dans le Wyoming. Juillet 2017.

Joe Verrelli à la recherche de morilles de feu dans un terrain pentu et rocailleux du Nord de la Californie. Avril 2015.

Dao Thepsomphou cueille des morilles de feu dans le Montana. Mai 2018.

Chimbat, qui cuisine pour ses dix compagnons, est venu aux États-Unis dans l'espoir de gagner assez d'argent pour acheter une terre au Guatemala. Arrêté par les services d'immigration en 2016, il a été contraint de payer 10'000 $ pour sa libération. L'année suivante, il a rencontré par hasard en forêt un autre cueilleur avec qui il avait été incarcéré. Aucun ne pensait pouvoir un jour retourner aux champignons. Juin 2018.

« Dogboy », un vétéran du commerce de champignons, voyage pour l'été avec quelques amis à la recherche de morilles de feu. Mai 2015.

Mai et Phet, des cueilleurs de champignons laotiens, dans leur camp d'été pour la cueillette de myrtilles. Pour augmenter leur revenu, de nombreux cueilleurs récoltent ces fruits entre la saison des morilles et celle des *matsutakés*. Août 2013.

Bounxou Xaysy avec Aloune et Dao Thepsomphou dans le campement réservé aux cueilleurs enregistrés. Lorsqu'ils achètent un permis de récolte commerciale, les cueilleurs n'ont plus le droit de camper dans les forêts publiques. Mai 2018.

Francisco chasse des morilles de feu dans le Montana. Il a immigré du Mexique aux États-Unis en 1990. Après avoir travaillé quelques années dans des fermes, il préfère récolter et acheter des champignons pour une compagnie de l'Oregon. Juillet 2018.

Aloune et Dao Thepsomphou, dans leur station d'achat de cèpes en Oregon. Juin 2014.

Sous le regard du gérant de la compagnie pour qui elle achète des champignons, Aloune Thepsomphou dans sa station d'achat du Montana. Elle cuisine parfois pour les deux cueilleurs laotiens présents à l'image. Juin 2018.

Cueilleur et acheteur indépendant, Chris Florence découvre que la portion de forêt réservée pour la récolte des champignons a finalement été attribuée aux bûcherons. Le gouvernement priorise toujours la coupe de bois, activité soutenue par un puissant lobby contre lequel les cueilleurs de champignons ne font pas le poids. Juin 2017.

Cueilleurs de l'Oregon et de l'État de Washington venus en Alaska afin d'y récolter la morille de feu. Juillet 2014.

Les *matsutakés* de moindre qualité sont séchés pour être vendus après les récoltes. Octobre 2015.

Formé aux Beaux-Arts de Besançon, Benoît Huot abandonne la peinture au début des années 2000 pour se consacrer à une forme d'expression inédite. Ses œuvres combinent ready-made (détournement de pièces taxidermisées), sculpture, passementerie et installation, avec une forte attirance pour les esthétiques extraeuropéennes. En résulte une impression déroutante, où les catégories se brouillent et perdent leur aptitude à définir ce que l'œil perçoit: des pièces qui ne sont ni animales ni humaines, ni d'ici ni d'ailleurs, ni d'hier ni d'aujourd'hui, ni sacrées ni tout à fait profanes. Cette faculté de résistance aux normes et aux assignations ré-énonce une caractéristique fondamentale du sauvage et laisse entrevoir comment celui-ci peut ressurgir dans le monde contemporain, hors des sentiers battus et des oppositions stériles entre nature et culture. Pour *L'impossible sauvage*, l'artiste a réalisé, avec la collaboration de Marie Mitjana-Huot, une installation immersive, dans laquelle chacun-e est invité·e à prendre ses aises, à vaincre ses a priori et méditer la folie de ce projet qui a nécessité six mois de travail, chaque brin de laine étant noué à la main… La caravane fait un clin d'œil appuyé et sans doute ironique aux récits d'évasion du type *Walden* ou *Into the wild*.

Chevrette couchée
Benoît Huot, 2012
Chèvre taxidermisée, tissu, passementerie
H.: 60 cm
Collection de l'artiste

Petit chaman à la table
Benoît Huot, 2022
Mannequin, tissu, laine
H.: 95 cm
Collection de l'artiste

Œuvres de Benoît Huot présentées dans l'exposition

Chaman à la momie
Benoît Huot, 2020
Mannequin, bois, plastique, tissu, laine, perles de verre
H.: 270 cm
Collection de l'artiste

Chaman bleu
Benoît Huot, 2019
Mannequin, bois, plastique, tissu, laine, perles de verre
H.: 205 cm
Collection de l'artiste

Guéridon au homard
Benoît Huot, 2022
Guéridon, plastique laine
H.: 90 cm
Collection de l'artiste

Guru
Benoît Huot, 2019
Mannequin, bois, plastique, tissu, laine, perles de verre
H.: 180 cm
Collection de l'artiste

Tigrou
Benoît Huot, 2020
Chien et chevreuil taxidermisés, tissu, laine
H.: 80 cm
Collection de l'artiste

Sanctuaire
Benoît Huot, 2022
71 plaques de bois ornées de tissus, plastique, laine, cornes de vache et de chèvre, patte de sanglier, fouines et chevreuil taxidermisés
Collection de l'artiste

Table
Benoît Huot, 2021
Table, ustensiles divers, tissu, laine, fouines taxidermisées
H.: 125 cm
Collection de l'artiste

Banquette
Benoît Huot, 2020
Banquette, laine, passementerie
H.: 110 cm
Collection de l'artiste

Chenard
Benoît Huot, 2019
Renard et chevreuil taxidermisés, tissu, laine
H.: 65 cm
Collection de l'artiste

Jonk est un photographe basé à Paris qui fut un temps proche du monde du graffiti et du *street-art*. Les œuvres présentées ici s'inscrivent dans la mouvance Urbex (contraction de *urban exploration*) qui consiste à photographier des sites ou des bâtiments insolites, généralement abandonnés, où la nature sauvage reprend ses droits. Parcourant la planète en quête de tels lieux, Jonk développe depuis plusieurs années une série intitulée *Naturalia : chronique des ruines contemporaines*. Ses images poétiques et élégiaques invitent à une méditation sur la place de l'humain et sur le contrôle qu'il exerce sur son environnement. Les publications et les nombreuses expositions de ses photographies témoignent en outre de la fascination qu'exerce cette esthétique de l'abandon et du réensauvagement, qui s'inscrit dans une tradition romantique renouvelée par les problématiques écologiques contemporaines.

Page précédente

Maison
Jonk
France, 2017

Pages suivantes

Piscine
Jonk
Italie, 2019

Immeuble d'habitation
Jonk
Japon, 2018

Hippodrome
Jonk
France, 2017

Réservoir
Jonk
Taïwan, 2017

Silo
Jonk
Belgique, 2015

École
Jonk
Montserrat, 2019

Temple
Jonk
Japon, 2018

Hôtel
Jonk
Allemagne, 2016

Bar
Jonk
Croatie, 2016

Construction inachevée
Jonk
Moldavie, 2018

Garage
Jonk
Belgique, 2016

Usine
Jonk
Italie, 2016

OFFICE

...LAISSE LE MIEL
S'ÉCOULER SUR DES LANGUES
INFINIES,ET LAISSE L'OCÉAN
DEVENIR UNE RUCHE...
-Pablo Neruda,
Ode à l'abeille

DIPLOMATIES SAUVAGES

Inventer des liens nouveaux avec l'impossible sauvage ? Au-delà des expérimentations sociales et artistiques, des chercheur·euse·s considèrent aussi qu'il est nécessaire de repenser cette notion fuyante dont il est si difficile de se défaire. L'exposition se clôt dans un bourdonnement printanier d'abeilles, s'inspirant de travaux menés à l'Institut d'ethnologie de l'Université de Neuchâtel.

Dans un contexte de crises environnementales, la situation des abeilles montre la nécessité d'une réflexion plus complexe sur les liens entre sauvage et domestique. Les insecticides, les maladies, la transformation des climats et des paysages rendent leur vie précaire, menaçant plus généralement l'équilibre des écosystèmes agricoles. Pour trouver une issue, certain·e·s apiculteur·rice·s expérimentent de nouvelles approches qui s'inspirent des conditions de vie des abeilles à l'état sauvage. Une chercheuse indépendante met en relief des comportements libres et individuels parmi ces insectes sociaux. La cohabitation entre les espèces invite à développer des nouvelles diplomaties qui prennent en compte la complexité de ces comportements sauvages.

WILDE DIPLOMATIE

Wie werden neue Verbindungen zum unmöglichen Wilden geschaffen ? Neben der Auseinandersetzung in sozialen und künstlerischen Experimenten rufen ForscherInnen dazu auf, diesen flüchtigen und zugleich schwer loszuwerdenden Begriff zu überdenken. Arbeiten des Instituts für Ethnologie der Universität Neuenburg boten die Inspiration für das frühlingshafte Bienensummen, das den Abschluss der Ausstellung bildet.

Im Kontext der Umweltkrisen zeigt die Situation der Bienen, wie wichtig es ist, sich einer komplexeren Auseinandersetzung mit dem Verhältnis zwischen wild und gezähmt zu stellen. Insektengifte, Krankheiten, sich wandelnde Klimabedingungen und Landschaftsbilder erschweren den Bienen das Leben und bedrohen ganz allgemein das Gleichgewicht landwirtschaftlicher Ökosysteme. In ihrer Lösungssuche rufen einige ImkerInnen dazu auf, von der traditionellen Imkerei und Bienenzucht abzukommen und stattdessen neue Ansätze zu verfolgen, die sich an den Lebensbedingungen von wild lebenden Bienen inspirieren.

Eine unabhängige Forscherin beleuchtet freie und individuelle Verhaltensweisen, die unter diesen sozialen Insekten vorkommen. Das Zusammenleben zwischen den Arten lädt dazu ein, neue Formen von Diplomatie zu entwickeln, die der Komplexität solcher wilden Verhaltensweisen Rechnung tragen.

WILD DIPLOMACY

Can we invent new bonds with the impossible wild? Beyond social and artistic experiments, researchers also consider it necessary to rethink this elusive notion which is so difficult to get rid of. The exhibition closes with the springtime buzz of bees, as inspired by research carried out at the Institute of Ethnology of the University of Neuchâtel.

Within a context of environmental crises, the bee situation shows the need for more complex thinking about the links between wild and domestic. Insecticides, illnesses, climate changes and landscapes all render bee life precarious and, more generally, threaten the equilibrium of our agricultural ecosystems. In the search for a solution, certain beekeepers are experimenting with new approaches inspired by the life of bees in the wild.

One freelance researcher underscores free and individual behaviors among these social insects. The cohabitation between species invites the development of new diplomacies that take into consideration the complexity of these behaviors in the wild.

Ce type de ruche a été conçu par le sculpteur Guenther Mancke, son enveloppe ronde et les matériaux choisis s'inspirent de la vie des abeilles à l'état sauvage. Elle est devenue un emblème de l'apiculture naturelle. Les apiculteur·rice·s conventionnel·le·s la jugent peu compatible avec l'élevage d'abeilles domestiques car, à l'inverse des ruches carrées, elle ne permet pas d'effectuer des contrôles sanitaires réguliers. Ces interventions sont précisément critiquées par les apiculteur·rice·s naturel·le·s qui préfèrent s'inspirer du sauvage pour explorer d'autres formes de cohabitation, au risque d'exposer les abeilles à une vie plus dangereuse et moins productive.

Ruche *Sunhive*
Paille et bois
H.: 87 cm (structure entière)
Arthur de Pury et Marie Villemin, 2020
Les Sagnettes

Les abeilles nourrissent souvent le fantasme d'une société idéale où chaque individu contribue au bon fonctionnement de la colonie. Dans ces représentations nourries par l'imaginaire des sociétés industrielles, les jeunes sont mises au service de la reine pour soigner sa descendance et les plus âgées sont envoyées aux champs pour la récolte de pollen et de nectar. Les images de la biologiste indépendante Myriam Lefebvre invitent à renouveler le regard porté sur ces insectes sociaux. Certaines abeilles semblent ne pas vouloir partager leur pollen, d'autres prennent le temps d'échanger tête contre tête ou d'exécuter des actions sans effets tangibles. Leur comportement semble ainsi beaucoup plus libre et plus individualiste. Plus sauvage en définitive ?

L'espoir d'un nouveau regard
Myriam Lefebvre, entre le 30 mars 2011 et le 30 juin 2020
Bruxelles, Cerfontaine et Hoeilaart, collection de l'artiste

La gestion des abeilles reste généralement l'affaire des apiculteur·rice·s qui se présentent comme leurs gardien·ne·s, leurs éleveur·se·s et leurs protecteur·rice·s. Mais s'agit-il vraiment de partenaires indispensables ? Pour certain·e·s chercheur·euse·s comme Thomas Seeley ou Jurgen Tautz, il est urgent de changer de regard sur l'abeille mellifère et penser autrement la cohabitation avec elle, en s'assurant qu'elle puisse vivre dans des conditions proches de l'état sauvage.

Abeilles des ruchers d'Alexandre Aebi
Neuchâtel, 2022
Réalisation : Jean Bacchetta

DU COEUR DE LA PIVOINE
L'ABEILLE SORT -
AVEC QUEL REGRET!
- Matsuo Bashô

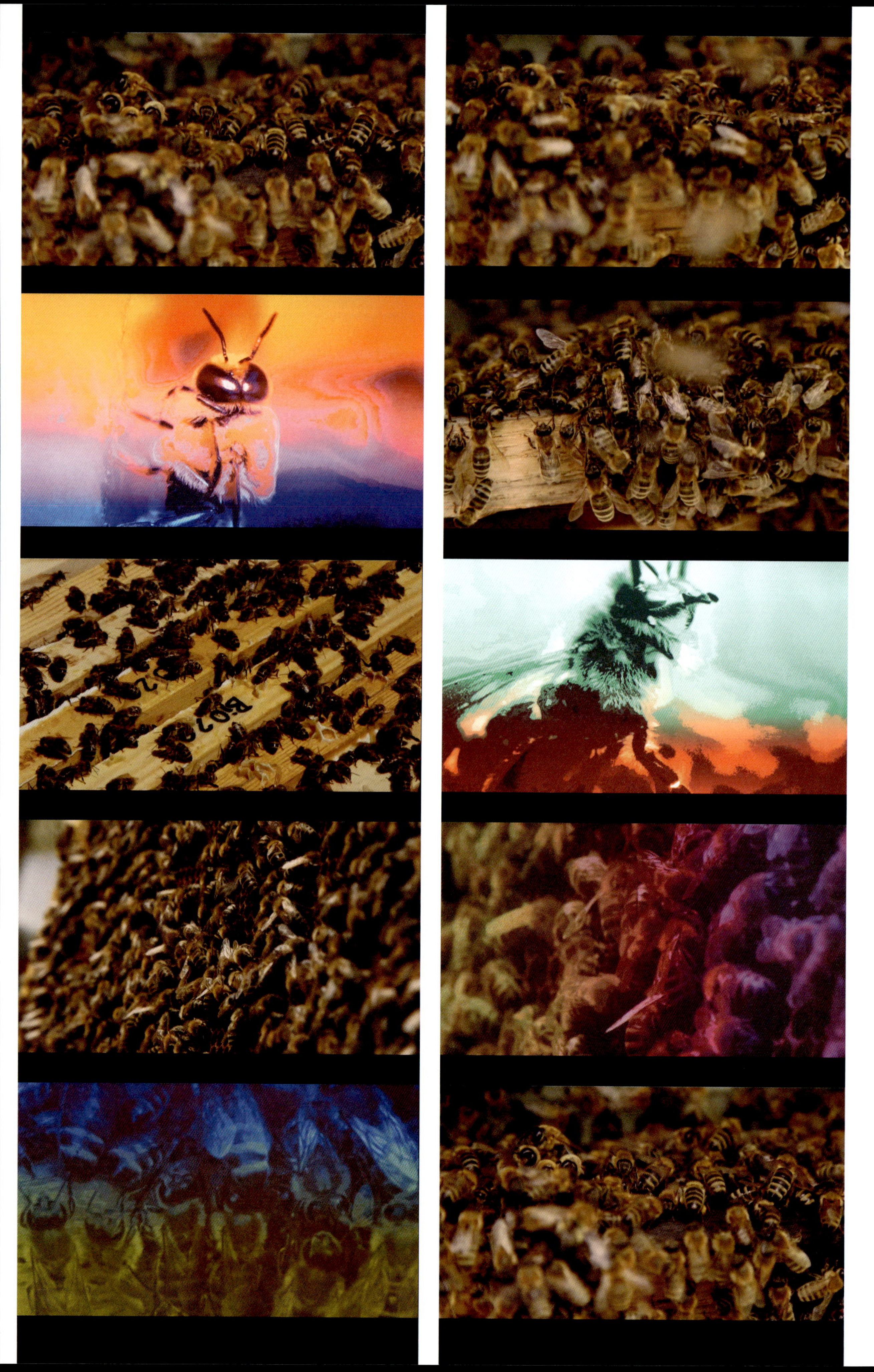

Du cœur de la pivoine
L'abeille sort,
Avec quel regret !

Matsuo Bashô, « Bashô Kushû, 359 ; Miyamori 24. ». *Anthologie de la poésie japonaise classique* [trad. Gaston-Ernest Renondeau]. 1971. Paris : Gallimard. P. 223

Nous sommes les abeilles de l'Invisible. Nous butinons éperdument le miel du visible, pour l'accumuler dans la grande ruche d'or de l'Invisible.

Rainer Maria Rilke. 1976 [1re éd. Allemande : 1939]. « À Witold Ulewicz [13.11.25.] ». *Œuvres III : Correspondance*. Paris : Editions du Seuil. p. 590

[...] que le miel
étale
des langues
infinies,
et que l'océan soit
une
ruche, [...]

Pablo Neruda. 1978 [1re éd. en espagnol, 1957]. « Ode à l'abeille ». *Troisième livre des odes* [trad. Jean-Francis Reille]. Paris : Gallimard. P. 16

Mais que font là ces paresseuses
qui semblent laisser le travail ?
Pourquoi donc, abeilles oiseuses,
vous étaler en éventail ?
Envolez-vous vers vos compagnes,
parcourez aussi les campagnes.
Allez aux quatre vents du ciel
recueillir la cire et le miel.

Eugène Courvoisier. 1860. « L'essaim d'abeilles : poème ». *Actes de la Société jurassienne d'émulation*. Zürich : www.e-periodica.ch (ETH-Bibliothek). P. 172
https://www.e-periodica.ch/cntmng?pid=asj-003%3A1860%3A12%3A%3A16

Si les abeilles (car leur vie est sujette aux mêmes accidents que la nôtre) sont atteintes d'un triste mal dont elles languissent, tu pourras le reconnaître à des signes qui ne laissent point de doute : à peine sont-elles malades que leur couleur change et qu'une maigreur horrible déforme leurs traits ; elles transportent alors hors de leurs logis les cadavres de celles qui ne voient plus la lumière et leur font de tristes funérailles ; ou elles se suspendent, enlacées par les pattes, au seuil de la porte, ou bien elles restent toutes sans bouger au fond de leurs demeures closes, engourdies par la faim et contractées par le froid qui les rend paresseuses.

Virgile. Les abeilles. *Géorgiques, Livre IV*. 2010 [37-30 av. J.-C.]. St-Quentin de Caplong : Atelier de l'agneau éditeur.

I'd take my time
You'd take your time
Just take your time
I take my time
And if you need a
And if you neeeeeeeed
The bees
The bees
The bees
The bees
The bees
The bees

Animal Collective. *Bees*. 2005. Domino Recording Co.

Ces œuvres de Lionel Sabatté faites de fragments d'abeilles, d'ongles et de peaux humaines évoquent l'interdépendance entre les deux espèces. Peuplant les mêmes paysages, partageant les mêmes plantes (pollinisées par l'une et cultivées par l'autre), cette cohabitation est faite d'enchevêtrements socioéconomiques anciens, inextricables et pourtant fragiles dont l'avenir engage la survie de chaque partenaire.

Les Envouteuses
Lionel Sabatté, 2022
Peaux, ongles, abeilles, boîte d'entomologie
51 x 39 cm
Propriété de l'artiste

Les Rêveuses
Lionel Sabatté, 2022
Peaux, ongles, abeilles, boîte d'entomologie
51 x 39 cm
Propriété de l'artiste

Les Jardinières
Lionel Sabatté, 2022
Peaux, ongles, abeilles, boîte d'entomologie
51 x 39 cm
Propriété de l'artiste

La diplomatie avec le vivant en soi et hors de soi est un type de relation qui devient pertinent lorsqu'on cohabite, sur un même territoire, avec des êtres qui résistent et insistent. Des êtres qui, pour autant, ne doivent pas être détruits ou affaiblis outre mesure, car notre vitalité *dépend* de la leur. Si le sauvage est par soi-même parmi nous, on ne peut plus le maintenir à distance, ou le sanctuariser ; de même qu'on ne peut plus justifier de le contrôler ou de l'hétéronomiser pour le dominer ; il faut cohabiter avec lui dans toute sa différence : faire de la diplomatie.

Baptiste Morizot. 2018. « Le devenir du sauvage à l'Anthropocène ».
Rémi Beau et Catherine Larrère (dir.) *Penser l'Anthropocène.* Paris : Presses de Sciences Po, p. 261

BIBLIOGRAPHIE

ANDRIEU Bernard, Francesca DI PIETRO, Gilles RAVENEAU, Olivier SIROST, Bertrand VIDAL, Nicolas BANCEL, Thomas DURANTEAU, Eva PROUTEAU. 2018. « Sauvage » in *Revue 303: Arts, Recherches, Créations* (Nantes), No 153.

AUBERT Laurent, Erica DEUBER ZIEGLER, Jérôme DUCOR, Geneviève PERRET. 2005. *Nous Autres.* Musée d'ethnographie de Genève (Tabou). Genève.

BERLINER David. 2017. « Rendez-vous en terre (in)connue ? Sur le mythe du bon sauvage à la télé. » in *La Revue Nouvelle* (Bruxelles), No 1: 14–16.

BLANC Guillaume. 2021. *L'invention du colonialisme vert : pour en finir avec le mythe de l'Éden africain.* Paris: Flammarion.

BONDAZ Julien. 2012. « Animaux et objets marrons. » in *Civilisations* (Bruxelles), 121–36.

BONDAZ Julien. 2011. « L'ethnographie comme chasse. » in *Gradhiva* (Paris), 162–81.

BONDAZ Julien et Michèle CROS. 2010. *Sur la piste du lion : safaris ethnographiques entre images locales et imaginaire global.* Etudes africaines. Paris : L'Harmattan.

BONDAZ Julien, Nélia DIAS, Dominique Jarrassé. 2016. « Collectionner Par-Delà Nature et Culture. » *Gradhiva*, no. 23: 28–49.

BOYLE Marc. 2021. *L'Année sauvage - Une vie sans technologie au rythme de la nature.* Paris : Les Arènes.

BRADBURY Jamey. 2020. *Sauvage.* Paris : Gallmeister.

BURCH Monte. 2004. *Making Native American Hunting, Fighting, and Survival Tools.* Guilford (Connecticut) : The Lyons Press.

BUSNEL François et FOTTORINO Eric. 2018. « Que reste-t-il de l'Amérique Sauvage ? » in *America magazine,* Tome 5.

CAMBE Alban. 2021. *Petite déclaration d'amour à la forêt : notre nature profonde.* Clermont-Ferrand : Suzac.

CHAPPAZ-WIRTHNER Suzanne. 2010. « Le yéti et les Tschäggättä : imaginaires de l'origine au Lötschental » in *Helvetia Park,* Musée d'ethnographie de Neuchâtel.

CHAPPAZ-WIRTHNER Suzanne et MAYOR Grégoire. Juin 2019. « Les Tschäggättä en scène : débats sur l'esthétique du masque parmi les sculpteurs du Lötschental », *ethnographiques.org,* No 18

COCHET Gilbert et KREMER-COCHET Béatrice. 2020. *L'Europe réensauvagée - Vers un nouveau monde.* Arles : Actes Sud.

COURVOISIER Eugène. 1860. « L'essaim d'abeilles : poème » in *Actes de la Société jurassienne d'émulation.* Zürich : www.e-periodica.ch (ETH-Bibliothek).

CROS Michèle, BONDAZ Julien et MICHAUD Maxime. 2012. « L'animal cannibalisé : festins d'Afrique » in *Edition des Archives Contemporaines.* Paris : Archives contemporaines.

DALLA BERNARDINA Sergio. 2015. « Amours sans frontières : Nouveaux horizons de la zoophilie à l'époque de la libération animale » in *Anthropologie et sociétés,* Vol 39, No 1–2 : 103–20.

DALLA BERNARDINA Sergio. 2012. *L'appel du sauvage: refaire le monde dans les bois.* Rennes : Presses universitaires de Rennes.

DALLA BERNARDINA Sergio. 2011. *Le retour du prédateur : mises en scène du sauvage dans la société post-rurale.* Rennes : Presses universitaires de Rennes.

DALLA BERNARDINA Sergio. 2010 « Les invasions biologiques sous le regard des sciences de l'homme » in *Les invasions biologiques, une question de natures et de sociétés.* Versailles : Quæ.

DALLA BERNARDINA Sergio. 2006. *L'éloquence des bêtes : quand l'homme parle des animaux.* Traversées. Paris : Métailié.

DALLA BERNARDINA Sergio. 2004. « Boiteux, borgnes et autres médiateurs avec le monde sauvage » in *Communications* (Paris), Vol 76, No 1 : 59–82.

DALLA BERNARDINA Sergio. 2001. « La Nature Sauvage et Ses Consommateurs : Le Game Fair » in *Ethnologie Française,* Vol 31, No 4 : 681–94.

DARMANGEAT Christophe. 2019. « Faut-il en finir avec les chasseurs-cueilleurs ? » in *Archéopages : archéologie & société* (Quétigny), hors-série, No 5.

DE CHAMPLAIN Samuel. 1993 (1603). *Des Sauvages.* Montréal : Typo.

DELORME Geoffroy. 2021. *L'homme-chevreuil : sept ans de vie sauvage.* Paris : Les Arènes.

DESPRET Vinciane. 2019. *Habiter en oiseau.* Arles : Actes Sud.

DICKASON Olive Patricia. 1993. *Le mythe du sauvage.* Sillery : Septentrion.

EASTMAN, Charles Alexander. 1974. *Indian Scout Craft and Lore.* New York : Dover Publications.

ESTES Clarissa Pinkola. 2001. *Femmes qui courent avec les loups : histoires et mythes de l'archétype de la femme sauvage.* Paris : Grasset.

FABRE Daniel. 2005. « Limites Non Frontières Du Sauvage » in *L'Homme,* No 175-176 : 427–43.

FITCH Chris. 2017. *Atlas des terres indomptées : à la découverte d'un monde sauvage.* Paris : La Martinière.

GARDE François. 2012. *Ce qu'il advint du sauvage blanc : roman.* Paris : Gallimard.

HELL Bertrand. 1994. *Le sang noir: chasse et mythes du sauvage en Europe.* Paris: Flammarion.

HENTSCHEL Uwe. 2022. « Voyageurs allemands sur les traces de Rousseau » in *Bulletin de l'Association Jean-Jacques Rousseau* (Neuchâtel) No 81.

HUNT Nick. 2020. *Où vont les vents sauvages : marcher à la rencontre des vents d'Europe des Pennines jusqu'en Provence.* Paris : Hoëbecke.

HUNT W. Ben. 2010. *Native American Survival Skills.* New York : Skyhorse.

INEXPLORÉ. 2021. « Mystérieux Chamanes », No 51, août-septembre.

JEFFERS Robinson. 2015. *Le Dieu sauvage du monde.* Marseille : Wild Project.

KAEHR Roland, HAINARD Jacques et GONSETH Marc-Olivier. 1996. *Natures en tête.* Neuchâtel : MEN.

KARHU Jacob. 2021. *Vie sauvage, mode d'emploi - L'ermite des Pyrénées.* Paris : Flammarion.

KRAKAUER Jon. 2007. *Into the wild.* London : Pan Books.

LES CAHIERS EUROPÉENS DE L'IMAGINAIRE. 2009. *La barbarie,* No 1. Paris: CNRS éditions.

LEVI-STRAUSS Claude. 2013. *Nous sommes tous des cannibales, précédé de Le Père Nöel supplicié.* La librairie du XXIe siècle. Paris: Ed. du Seuil.

LEVI-STRAUSS Claude. 1962. *La pensée sauvage.* Paris : Plon.

LINDQVIST Sven. 2002. *Exterminez toutes ces brutes : récit : [l'odyssée d'un homme au coeur de la nuit et les origines du génocide européen].* Paris : Le Serpent à plumes.

LES GRANDES TRADITIONS SANTÉ. 2022. « Soins & chamanisme », No 3, mars.

LONDON Jack. 2019. *L'Appel de la forêt.* Paris : Folio.

MARQUIS Sarah. 2014. *Sauvage par nature: 3 ans de marche extrême en solitaire de Sibérie en Australie.* Paris : Pocket.

MAIRE Christelle et GARUFO Francesco. 2013. « Frontières territoriales et idéologiques » in *Hommes & migrations* (Paris), No 1304, 127-33.

MARTI Laurence. 1992. *Le carnaval jurassien : (XIXe et XXe siècles)* in *Intervalles* (Bienne), No. 33.

MARTIN Nastassja. 2016. *Les âmes sauvages : Face à l'Occident, la résistance d'un peuple d'Alaska.* Sciences humaines. Paris : La Découverte.

MARVIN Garry. 2008. « L'animal de zoo» in *Techniques et culture* (Paris), Vol 1, No 50, 102-19.

MATSUO Bashô. 1971. « Bashô Kushû, 359 ; Miyamori 24 » in *Anthologie de la poésie japonaise classique* Paris : Gallimard [trad. Gaston-Ernest Renondeau].

MICOUD, André. 2010. « Sauvage ou domestique, des catégories obsolètes ? » in *Sociétés* (Bruxelles), Vol 2, No 108 , 99-107.

MICOUD, André. 1993. « Vers un nouvel animal sauvage : le sauvage « naturalisé vivant »? » in *Natures Sciences Sociétés* (Montrouge), Vol 1, No. 3 : 202-10.

MEYER Carla. 2020. *Logiques survivalistes en Suisse romande.* Ethnoscope, vol. 20. Neuchâtel : Institut d'ethnologie.

MONTGOMERY David. 2008. *Native American Crafts and Skills: A Fully Illustrated Guide to Wilderness Living and Survival* [second edition]. Guilford (Connecticut) : The Lyons Press.

NARANJO Linda Osceola. 2021. *The Native American Herbalist's Bible 3 : the lost book of herbal remedies.* Independently published.

NARBY Jeremy. 1996. *Le serpent cosmique, l'ADN et les origines du savoir* [3e tirage]. Genève : Georg (Terra Magna).

NERUDA Pablo. 1978 [1957]. « Ode à l'abeille » in *Troisième livre des odes.* Paris : Gallimard [trad. Jean-Francis Reille]

NOVEL Anne-Sophie. 2022. *L'enquête sauvage : pourquoi et comment renouer avec le vivant ?* Neuchâtel : Editions de la Salamandre.

PASCHE Kim. 2021. *L'endroit du monde : en quête de nos origines sauvages.* Paris : Arthaud.

PASCHE Kim. 2013. *Arts de vie sauvage : gestes premiers.* Sengouagnet : Du Terran.

PERENNE Sylvie. 2022. *Mes nuits sauvages.* Genève : Jouvence.

PIGNOCCHI Alessandro. 2017. *Petit traité d'écologie sauvage.* Paris : Steinkis.

POWERS Richard. 2018. *L'arbre-monde.* Paris : Le Cherche Midi.

REMAUD Olivier. 2020. *Penser comme un iceberg.* Arles : Actes Sud.

RILKE Rainer Maria. 1976 [1939]. « À Witold Ulewicz [13.11.25.] » in *Œuvres III : Correspondance.* Paris : Editions du Seuil.

ROGNON Frédéric. 1988. *Les Primitifs, nos contemporains : essais et textes.* Paris : Hatier (Philosopher au présent).

RUBIN Antoine. 2018. *Et il y a ceux des forêts.* Ethnoscope, vol. 17 Neuchâtel : Institut d'Ethnologie.

SARANO François. 2020. *Réconcilier les hommes avec la vie sauvage.* Arles : Actes Sud.

SARANO François. 2017. *Le retour de Moby Dick, ou ce que les cachalots nous enseignent sur les océans et les hommes.* Arles : Actes Sud.

SAURY Alain. 1986. *Le manuel de la vie sauvage ou revivre par la nature.* St-Jean de Braye : Éditions Dangles.

SCHMIDT Michael, SCHLUP Michel et DE MONTMOLLIN Dominique. 2001. *Explorateurs, voyageurs et savants : grands livres de voyages terrestres du XVIIe au XIXe siècle (Afrique et Amérique du Sud).* Neuchâtel: Bibliothèque publique et universitaire.

SERVIGNE Pablo. 2015. *Comment tout peut s'effondrer : petit manuel de collapsologie à l'usage des générations présentes.* Paris : Seuil.

TAUSSIG Sylvie. 2018. « Néo-Chamanisme et Néo-Colonialisme : Entre Chaos et Déstructuration Sociale » in *Les Temps Modernes* (Paris), Vol 2, No 698, 70-89.

MUSÉE DE LA CHASSE ET DE LA NATURE (éd). 2015. *Actes Du Colloque « Exposer La Chasse ? ».* Paris : Musée de la Chasse et de la Nature.

THOREAU Henry David. 2017. *Walden ou la vie dans les bois.* Paris : Albin Michel.

TINLAND Franck. 2003. *L'homme sauvage : « homo ferus » et « homo sylvestris » : de l'animal à l'homme.* Paris : L'Harmattan [Histoire des sciences humaines].

TIRABOSCO Tom. 2019. *Femme sauvage.* Paris : Futuropolis.

TSING Anna Lowenhaupt. 2017. *Le champignon de la fin du monde. Sur la possibilité de vie dans les ruines du capitalisme.* Paris : La Découverte (Les empêcheurs de penser en rond)

TSING Anna Lowenhaupt. 2017. « The Buck, the Bull, and the Dream of the Stag : Some Unexpected Weeds of the Anthropocene » in *Suomen Antropologi : Journal of the Finnish Anthropological Society* (Helsinki) Vol 1, No 42, : 3-21.

VAN RENSBERGEN Henk. 2019. *Abandoned Places.* Bruxelles : Lannoo.

VIRGILE. 2010 [37-30 av. J.-C.]. « Les abeilles » in *Géorgiques, Livre IV.* St-Quentin de Caplong : Atelier de l'agneau éditeur.

VUILLEMIN Nathalie. 2022. « Comment Les Récits Fondateurs Amérindiens (Dé)Construisent Le Savoir Européen » in Le Borgne, Parsis-Barubé, Vuillemin (éds.) *Les Savoirs Des Barbares, Des Primitifs et Des Sauvages. Lectures de l'Autre Aux XVIIIe et XIXe Siècles.* Paris : Garnier.

VUILLEMIN Nathalie. 2016. « Sauvage » in *Dictionnaire Critique de l'utopie Au Temps Des Lumières.* Genève : Georg.

WATTS Steven M. 2005. *Practicing Primitive : A Handbook Of Aboriginal Skills.* Salt Lake City : Gibbs M. Smith Inc.

WESCOTT David. 1999. *Primitive Technology : A Book of Earth Skills.* Salt Lake City : Black Sparrow Press (10th edition).

WOHLLEBEN Peter. 2017. *La vie secrète des arbres.* Paris : Les Arènes.

ZASK Joëlle. 2020. *Zoocities : des animaux sauvages dans la ville.* Paris : Premier Parallèle.

AUTEURS

Jean Bacchetta
Stagiaire au Musée d'ethnographie de Neuchâtel

Estelle Brousse
Collaboratrice scientifique au Musée d'ethnographie de Neuchâtel

Julien Glauser
Conservateur au Musée d'ethnographie de Neuchâtel

Yann Laville
Co-directeur du Musée d'ethnographie de Neuchâtel

Grégoire Mayor
Co-directeur du Musée d'ethnographie de Neuchâtel

Sara Sanchez del Olmo
Conservatrice au Musée d'ethnographie de Neuchâtel

Ville de Neuchâtel - Direction de la Culture

L'impossible sauvage

19 juin 2022 – 26 février 2023

Direction	Yann Laville, Grégoire Mayor
Administration	Fabienne Leuba
Conception	Yann Laville, Grégoire Mayor, Estelle Brousse avec la participation de Pascale Bugnon
Recherche	Jean Bacchetta, Estelle Brousse, Pascale Bugnon, Aurèle Cellérier, Julien Glauser, Yann Laville, Grégoire Mayor, Sara Sánchez del Olmo
Collaboration	Alexandre Aebi, Guillaume Blanc, Julien Bondaz, Sergio Della Bernardina, Pierre Caballé, Christian Egger, Amanda Jousset, Kylian Henchoz, Myriam Lefebvre, Nicolas Nova, Lionel Pernet, Nathalie Vuillemin
Scénographie	Curious Space: Raphaël von Allmen, Anna Jones, Elfyn Round avec l'aide d'Aurèle Cellérier et Alex Challandes
Direction de Projet	Raphaël von Allmen
Conditionnement collections	Chloé Maquelin avec l'aide de Jean Bacchetta, Estelle Brousse, Fred Bürki, Ian Cuesta, Stéphanie Demierre, Julien Glauser, Anna Jones, Edgar Lopes, Isadora Rogger, Prune Simon-Vermot
Réalisation	Stéphane Arnoux, Frédéric Kiss, Edgar Lopes avec l'aide de Patrick Hofer et Pascal Schenk
	L'illustre atelier: Serge Perret avec l'aide de Jérôme Jousson, Guits, Stéphanie Schneider, Félicia Mounoud, Ismaël Carbayo, Vincent Kohler, Bernadette Gonzales
	Decobox: Fred Bürki, Juan de Riquer, Bérénice Baillods
Menuiserie	Menuiserie du service de la Culture: Philippe Joly, Daniel Gremion avec l'aide de Thomas Schupbach
Peinture	Stéphane Arnoux, Alex Challandes, Frédéric Kiss, Edgar Lopes
Graffiti	Wilo Weal, Blues
Travaux techniques	Pascal Schenk, Patrick Hofer, Louis Schneider
Conception lumière	Lumière électrique: Laurent Junod, Marie Buergisser-Jaquier et Clémence Serez
Réalisation lumière	Lionel Haubois avec la collaboration de Baptiste Bolliger et Daniel Demont
Réalisations techniques	Making ideas: Yannick Soller, e-studio: Alexandre Mattart L'illustre atelier: Serge Perret
Documentation sonore	Yann Laville
Réalisations sonores	Making ideas: Yannick Soller
Réalisations vidéo	«Portraits de la forêt»: Sélima Chibout et Céline Pernet (AREC) avec la collaboration de Grégoire Mayor (Lötschental et portrait de Giovanni Foletti) «Ecrans de contrôle» et «Abeilles»: Jean Bacchetta
Graphisme	Graziella Paiano
Illustration Parcours *vita*	Joakim Monnier
Photographie	Prune Simon-Vermot
Retouches et préparations photo	Jean Bacchetta, Graziella Paiano, Prune Simon-Vermot
Documentation photo	Estelle Brousse, Jean Bacchetta, Yann Laville, Grégoire Mayor, Prune Simon-Vermot, Sara Sánchez del Olmo, Raphaël von Allmen
Rédaction textes	Estelle Brousse, Jean Bacchetta, Yann Laville, Julien Glauser, Grégoire Mayor, Sara Sánchez del Olmo avec la collaboration de Alexandre Aebi et Pierre Caballé
Mise en pages textes et cartels	Graziella Paiano, Atelier PréTexte: Jérôme Brandt
Traduction textes	Rafael Blatter (allemand), Margie Mounier (anglais)
Relecture	Anna Jones, Fabienne Leuba
Communication	Noémie Oulevay
Affiche, cartes et carton	Graziella Paiano, Noé Cotter (photographie)
Bibliothèque	Olivia Filippini
Atelier des Musées et médiation	Marianne de Reynier, Nabila Mokrani, Isadora Rogger
Accueil	Sylvia Perret, May Du, Géraldine Félix, Anaïs Queloz
Café	Stéphanie Demierre, Filomena Bernardo, Grazyna Comtesse, Géraldine Félix
Cuisine	Nabila Mokrani avec l'aide de Liliana Espichán
Conciergerie	Pascal Schenk, Patrick Hofer, Louis Schneider avec l'aide de Rafik Bidji, Joachim Gomes da Costa
Gardiens	Ali Abdullahi, Marie-Claude Bärtschi, Liliana Espichán. Sylvie Lachat, Remedios Luque, Mohamed Redjouh, Bülent Zorlu

Prêteurs

Association Carnaval d'Evolène
Guillaume Blanc, Rennes
Bibliothèque publique et universitaire, Neuchâtel
Thierry Bohnenstengel, Bevaix
Olivier Boillat, Le Noirmont
Mandy Burnier, La Forclaz
Centre de Coordination Ouest pour l'étude et la protection des chauves-souris du canton de Vaud, Blonay
Centre Dürrenmatt, Neuchâtel
Renato Garza Cervera, Mexico
Nicola Dessolis, Mamoiada
Peter Frey, Rombach
Groupe Folklorique de l'Arc-en-Ciel, Evolène
John Howe, Neuchâtel
Benoît Huot et Marie Mitjana-Huot, Gray
Jonk, Paris
Myriam Lefebvre, Bruxelles
Olivier Matthon, Quilcene
Michael Michailov, Blatten
Musée militaire de Colombier
MUZOO, La Chaux-de-Fonds
Naturhistorisches Museum Bern
Vincent Nitenberg, Paris
Olivia Pedroli, Gorgier
Benoît Reber, Champagne
Bruno Ritter, Blatten
Pierre Roggo, Payerne
Nora Rupp, Lausanne
Lionel Sabatté, Paris
Spielzeug Welten Museum, Basel
Toni Stoeber, Paris
Survival International, Paris
SKKG, Winterthur
Marie Villemin et Arthur de Pury, Les Sagnettes

Remerciements

Meritxell Abellan, Paris
Sibille Arnold, Bâle
Baptiste Aubert, Berne
Leïla Baracchini, Genève
Madeleine Betschart, Vevey
Blues, Neuchâtel
Julian Cech, Winterthur
Thierry Châtelain, Neuchâtel
Marie Dangeon, La Chaux-de-Fonds
Thierry Dubois-Cosandier, Neuchâtel
Jérôme Dubosson, Neuchâtel
Jasmin Eckhardt, Winterthur
Maryse Fuhrmann, Auvernier
Galerie C, Neuchâtel
Samira Guinand, La Chaux-de-Fonds
Stephan Hertwig, Winterthur
Ellen Hertz, Fribourg
Camille Jaquier, Neuchâtel
Roland Kaehr, Neuchâtel
Sylvie Lachat, Neuchâtel
Fiore Longo, Paris
Alain Maeder, Neuchâtel
Ludovic Maggioni, Neuchâtel
Kylian Maître, Evolène
Pascal Moeschler, Genève
Antonia Nessi, Neuchâtel
Martine Noirjean de Ceuninck, Les Vieux-Prés
Suzanne Olving, Neuchâtel
Michael Patten, Montréal
Pierre Perréaz, Lausanne
Valentin Reymond, Neuchâtel
Andreas Rub, Winterthur
Severin Rüegg, Winterthur
Guillaume Scheuber, Neuchâtel
Sylvie Scheuber, Neuchâtel
Olga Schreiner, Winterthur
Xavière Sennac, Neuchâtel
Grégoire Simon-Vermot, Colombier
Société de Carnaval, Le Noirmont
Rahel Stauffiger, Berne
Salomé Straub, Les Hauts-Geneveys
Fiona Watson, Paris
Wilo Weal, Neuchâtel

Protagonistes des « Portraits de la forêt »

Guido Albertelli, Joëlle Chautems, Joël Demotz, Nina Fischer, Giovanni Foletti, Malou Gallié, Christian Genton, Antonia Jaquet, Jean-Jacques Liengme, Samuel Manceau, Pascal Moeschler, Philippe Perriard, Jérôme Pinard, Charles-Henri Pochon, Marc Sneiders

Entreprises

Buschini SA, Neuchâtel
Construction métallique FA Vessaz F. SA, Neuchâtel
Diaprint, Matran
Favre Echafaudages SA, Cornaux
Alain Germond, Neuchâtel
Gravadhoc, Neuchâtel
La boîte à outils: Julien Fontaine, La Chaux-de-Fonds
LackImage, Saint-Aubin-Sauges
LPS Deco system international Sàrl, La Chaux-de-Fonds
LUCE-ms SA, Valbroye
PlasticAvenir SA, Cornaux
Makro Art SA, Préverenges
Remarq SA, Vernier
Rolle Bois SA, Vuisternens-en-Ogoz
Schwab-System John Schwab SA, Gampelen
Sennrich AG, Meilen
Ted Support Sàrl, Yverdon-les-Bains
Vitrerie Schleppy SA, Neuchâtel

L'impossible sauvage s'inscrit dans une collaboration entre le Muséum d'histoire naturelle de Neuchâtel, la Case à Chocs et Les Jardins musicaux

Publications du Musée d'ethnographie

Naître, vivre et mourir – Actualité de Van Gennep (essais sur les rites de passage). 1981, 15 x 21 cm, 192 p., 22 ill. ISBN 2-88078-002-3. Epuisé
Collections passion. 1982, 15 x 21 cm, 288 p., 86 ill. ISBN 2-88078-003-9. Epuisé
Le corps enjeu. 1983, 15 x 21 cm, 180 p., 45 ill. ISBN 2-88078-004-7. Epuisé
Objets prétextes, objets manipulés. 1984, 15 x 21 cm, 192 p., 66 ill. ISBN 2-88078-005-6
Temps perdu, temps retrouvé – Voir les choses du passé au présent. 1985, 15 x 21 cm, 168 p., 33 ill. ISBN 2-88078-006-3
Le mal et la douleur. 1986, 15 x 21 cm, 208 p., 47 ill. ISBN 2-88078-007-1. Epuisé
Des animaux et des hommes. 1987, 15 x 21 cm, 224 p., 40 ill. ISBN 2-88078-009-8
Les ancêtres sont parmi nous. 1988, 15 x 21 cm, 120 p., 12 ill. ISBN 2-88078-010-1
Le Salon de l'ethnographie. 1989, 15 x 21 cm, 120 p., 42 ill. ISBN 2-88078-012-8
Le trou. 1990, 11 x 18 cm, 328 p., 46 ill. ISBN 2-88078-013-6
A chacun sa croix. 1991, 11 x 18 cm, 32 p. ISBN 2-88078-014-4
Les femmes. 1992, 11 x 18 cm, 336 p., 31 ill. ISBN 2-88078-016-0
Si... Regards sur le sens commun. 1993, 11 x 18 cm, 252 p. ISBN 2-88078-017-9. Epuisé
Marx 2000. 1994, 11 x 18 cm, 200 p., 1 ill. ISBN 2-88078-019-5. Epuisé
La différence. 1995, 11 x 18 cm, 220 p., 1 ill. ISBN 2-88078-020-9
Natures en tête. 1996, 11 x 18 cm, 304 p., 10 ill. ISBN 2-88078-021-7
Pom pom pom pom: musiques et cætera. 1997, 11 x 18 cm, 296 p., ISBN 2-88078-022-5
Derrière les images. 1998, 11 x 18 cm, 360 p., 44 ill. ISBN 2-88078-023-3
L'art c'est l'art. 1999, 11 x 18 cm, 264 p., 36 ill. ISBN 2-88078-024-1
La grande illusion. 2000, 16.5 x 23.5 cm, 192 p., 1 fig. ISBN 2-88078-026-8
Le musée cannibale. 2002, 16.5 x 23.5 cm, 304 p., 2 ill. ISBN 2-88078-027-6
X - spéculations sur l'imaginaire et l'interdit. 2003, 16.5 x 23.5 cm, 272 p., 12 ill. ISBN 2-88078-028-4
Cent ans d'ethnographie sur la colline de Saint-Nicolas 1904-2004. 2005, 24.5 x 28 cm, 648 p., 750 ill. ISBN 2-88078-030-6
Figures de l'artifice. 2007, 21 x 27 cm, 240 p., 438 ill. ISBN 978-2-88078-031-9
La marque jeune. 2008, 21 x 27 cm, 272 p., 549 ill. ISBN 978-2-88078-032-6
Retour d'Angola. 2010, 21 x 27 cm, 344 p., 451 ill. ISBN 978-2-88078-034-0
Helvetia Park. 2010, 21 x 27 cm, 376 p., 446 ill. ISBN 978-2-88078-035-7
Bruits: échos du patrimoine culturel immatériel. 2011, 21 x 27 cm, 336 p., 421 ill. ISBN 978-2-88078-037-1
What are you doing after the apocalypse? 2012, 21 x 27 cm, 128 p., 75 ill. ISBN 978-2-88078-038-8
Hors-champs: éclats du patrimoine culturel immatériel. 2013, 21 x 27 cm, 328 p., 652 ill. ISBN 978-2-88078-039-5
Imagine Japan. 2015, 21 x 27 cm, 352 p., 534 ill. ISBN 978-2-88078-0040-1
Secrets. 2016, 21 x 27 cm, 352 p., 488 ill. ISBN 978-2-88078-0041-8
L'impermannence des choses. 2018, 21 x 27 cm, 184 p., 246 ill. ISBN 978-2-88078-0048-7
Le mal du voyage. 2021, 21 x 27 cm, 328 p., 696 ill. ISBN 978-2-88078-0051-7

Texpo (ISSN 1422-8319)

Texpo un *Marx 2000*, 1994, 48 p. Epuisé
Texpo deux *La différence*, 1995, 64 p.
Texpo trois *Natures en tête: vom Wissen zum Handeln*, 1996, 64 p.
Texpo quatre *Pom pom pom pom Une invitation à voir la musique*, 1997, 64 p.
Texpo cinq *Derrière les images*, 1998, 64 p.
Texpo six *L'art c'est l'art*, 1999, 40 p. (version française/allemande/anglaise)
Texpo sept *La grande illusion*, 2000, 48 p.
Texpo huit *Le musée cannibale*, 2002, 64 p.
Texpo neuf *X - spéculations sur l'imaginaire et l'interdit*, 2003, 44 p.
Texpo dix *Remise en boîtes*, 2005, 64 p.
Texpo onze *Figures de l'artifice*, 2006, 48 p.
Texpo douze *Retour d'Angola*, 2007, 80 p.
Texpo treize *La marque jeune*, 2008, 64 p.
Texpo quatorze *Helvetia Park*, 2009, 64 p.
Texpo quinze *Bruits*, 2010, 64 p.
Texpo seize *What are you doing after the apocalypse?*, 2011, 64 p.
Texpo dix-sept *Hors-champs*, 2011, 64 p.
Texpo dix-huit *Les fantômes des collections*, 2014, 72 p.
Texpo dix-neuf *Imagine Japan*, 2014, 64 p.
Texpo vingt *C'est pas la mort*, 2016, 60 p.
Texpo vingt-et-un *Derrière les cases de la mission*, 2020, 48 p.
Texpo vingt-deux *Mirages de l'objectif: l'invention des Nomades du soleil*, 2022, 80 p.

Autre documents

Guides *Le mal du voyage (Culture bleue ; CroisyDream; Lonely routard)*, 2020, 64, 24 et 40 p.

Collections du Musée d'ethnographie de Neuchâtel (ISSN 1420-0430)

N° 1 Marceline de Montmollin *Collection du Bhoutan.* 1982, 17 x 24 cm, 96 p., 28 ill. ISBN 2-88078-001-2. Epuisé
N° 2 Manuel Laranjeira Rodrigues de Areia, Roland Kaehr, Roger Dechamps *Collections d'Angola: les signes du pouvoir.* Préface de Marie-Louise Bastin. 1992, 17 x 24 cm, 224 p.,221 ill., 7 dessins. ISBN 2-88078-015-2
N° 3 François Borel *Collections d'instruments de musique: les sanza.* 1986, 17 x 24 cm, 184 p., 105 ill., 10 dessins. ISBN 2-88078-008-X
N° 4 Yvon Csonka *Collections arctiques.* Préface de Jean Malaurie. 1988, 17 x 24 cm, 216 p., 350 ill., 5 dessins. ISBN 2-88078-011-X
N° 5 Roland Kaehr *Le mûrier et l'épée: le Cabinet de Charles Daniel de Meuron et l'origine du Musée d'ethnographie à Neuchâtel.* 2000, 17 x 24 cm, 440 p., 140 ill., 8 pl. coul. ISBN 2-88078-025-X
N° 6 Jean-Claude Muller *Collections du Nigéria: le quotidien des Rukuba.* 1994, 17 x 24 cm, 192 p., 171 ill., 10 dessins. ISBN 2-88078-018-7
N° 7 Manuel Laranjeira Rodrigues de Areia et Roland Kaehr *Collections d'Angola 2: les masques.* 2009, 17 x 24 cm, 240 p., 39 ill., 55 pl. coul., 12 dessins. ISBN 978-2-88078-036-4
N° 8 Pauline Duponchel *Collections du Mali: textiles* bògòlan. 2004, 17 x 24 cm, 336 p., 60 ill., 44 pl. ISBN 2-88078-029-2.
N° 9 Gaspard de Marval et Georges Breguet *Collections d'Indonésie: au fil des îles.* Préface de Pieter ter Keurs. 2008, 17 x 24 cm, 408 p., 60 ill., 137 pl. coul. ISBN 978-2-88078-033-3
N° 10 Isadora Rogger *L'Egypte au MEN: regards croisés.* 2021, 21 x 27 cm, 496 p., 600 ill., ISBN 2-88078-050-0.

Achevé d'imprimer
en mai 2023
sur les presses de l'imprimerie Genoud Arts graphiques
1052 Le Mont-sur-Lausanne

et tiré à 800 exemplaires